Volker König
Die Farbe des Kraken

Volker König

Die Farbe des Kraken

Novelle

Bibliografische Information der deutschen Nationalbibliothek
Die Deutsche Nationalbibliothek verzeichnet diese Publikation
in der Deutschen Nationalbibliografie; detaillierte bibliografische
Daten sind im Internet über http://dnb.d-nb.de abrufbar.

2. Auflage Juli 2014

© 2009 Volker König
Herstellung und Verlag:
Books on Demand GmbH, Norderstedt
ISBN 978-3-837-07770-4

Die Wissenschaftler stellen sich vor,
das Universum sei mit Zeit und Raum
geboren worden.

Andere stellen sich vor, dass Raum und Zeit mit unserem Verstand geboren wurden.

Das Universum lacht sich indes in eins
seiner vielen Fäustchen.

1. Streuselkuchen

Der seltsamste Tag meiner Kindheit kündigte sich an, als meine Mutter in der Tür meines Zimmers erschien, an den Türrahmen gelehnt, mit vor der Brust verschränkten Armen und einem Lächeln, als habe sie fragen wollen:

„Rate mal, wer heute zu Besuch kommt?"

Stattdessen fragte sie:

„Rate mal, wer heute gestorben ist?"

Ich weiß noch, als es den Opa meiner Sandkastenfreundin Angelika erwischte und wie sie mit rotverheulten Augen vor mir gestanden hatte. Und nun war mir selbst auch zum Heulen zumute, als ich vom Tod meines Opas Kurt erfuhr. Immerhin war mir nur dieser Opa geblieben.

Der andere, der Vater meines Vaters, war in Amerika zur Welt gekommen, denn seine Eltern hatten vor den Nazis fliehen können. Als dann Jahre später die Südvietnamesen von ihren Nachbarn überfallen wurden, stieg in ihm der Zorn gegen alles Unmenschliche auf, und er beschloss als befehlshabender Offizier, den Angreifern eine Lektion zu erteilen. Schwer zu sagen, wer von wem was gelernt hat. Die nordvietnamesischen Angreifer lernten zumindest seine harte Hand kennen, verpassten ihm dafür aber eine Kugel in die Schulter, die seinen rechten Arm völlig lähmte. Später erlag er zu Hause in Amerika einer schlimmen Krankheit, weil ihn nämlich während jener irrsinnigen Kämpfe eine Mücke überfallen hatte, die er zwar wieder hatte abschütteln können, der er aber soviel Zeit gelassen hatte, dass sie etwas noch viel Winzigeres in ihm hatte deponieren können. Dieses Winzige war ihm tief ins Blut gekrochen, um dort Verwüstung anzurichten. In einem Taxi – vielleicht der Ort, wo es mehr Helden ereilt, als wir erwarten – hatte der Winzling sein Werk soweit vorangetrieben, dass mein amerikanischer Opa seine Lebenszeit hatte segnen lassen können. Ich habe ihn nie kennengelernt.

Mir stand jedenfalls reichlich Wasser bis Oberkante Unterlid, weil ich Opa Kurt so gern hatte. Meine Mutter wusste das natürlich, und so erkläre ich mir ihr Lächeln heute damit, dass sie mich auf eine andere Spur hatte bringen wollen. Sie selbst hatte diese Spur bereits damals verfolgt.

Ich war jedoch nicht bereit dafür gewesen. Ich hatte Opa Kurt gern und wollte nicht, dass er leidet. Für mich stand nämlich fest, dass Opa jetzt viel zu leiden habe und dass ich keine Möglichkeit hatte, ihm Linderung zu verschaffen. Wer mir jetzt eine gute Geschichte erzählen würde, wer mich zum Aquarium begleiten, wer kuriose Sachen für mich kochen, wer mich zum Lachen bringen oder auf die Schippe nehmen würde – das fragte ich mich keine Sekunde, oder zumindest war es mir nicht bewusst.

Denn eigentlich denken wir immer nur an uns selbst!

An alles, was andere angeht, müssen wir uns erst gewöhnen, indem wir die anderen in uns selbst entdecken. Fremde Säuglinge sind nur so lange nackte wurmgleiche Bündel, solange wir keine eigenen bekommen haben. Trotzdem bleiben es natürlich nackte wurmgleiche Bündel. Fremder Speichel bleibt schließlich auch das, was er ist, obwohl wir selbst welchen haben. Ein Ausscheidungsprodukt.

Ich bin bestimmt keine Ausnahme und bin es bestimmt auch damals nicht gewesen, sondern es hatte sich nur der klare Blick auf die tatsächliche Ursache getrübt.

Denn wir trauern um den Verlust von allem, was uns für unser Leben wichtig erscheint, was wir zu unserem Besitz zählen, was man verlieren kann. Verlust bedeutet Veränderung, Veränderung bedeutet Unsicherheit, und genau davor haben wir schreckliche Angst. Die größte Angst haben wir wohl, wenn ein uns Nahestehender stirbt, weil uns das den eigenen Tod vor Augen führt. Wenn wir schon alt sind und der Verstorbene jung oder gar ein Kind von uns ist, erscheint uns das Leben ohne Sinn und es bleibt keine Zeit für eine Wiederholung.

Über die Zukunft der Verstorbenen können wir spekulieren; nur das Leben, das wir führen, ist uns Hinweis für so etwas wie eine Existenz, und darum halten wir es hoch und rühmen uns vielleicht, dass wir gerne leben, obwohl das Leben doch mit allerhand Sauereien angefüllt sein kann. Seien wir also ehrlich: Wir trauern weniger um den Verstorbenen, sondern mehr um uns selbst, weil wir Angst bekommen, denn wir fühlen uns in unsere Einsamkeit und Langeweile zurück gestoßen und denken an Verrat. So lassen es uns jedenfalls unsere Vorstellungen glauben.

Wie dem auch sei, ich glaubte damals jedenfalls nur darüber bekümmert zu sein, wie schlimm es meinen armen Opa getroffen hatte. Es stellte sich heraus, dass andere Leute diese Auffassung aus verschiedenen Gründen nicht teilten.

Ich behaupte, dass die Gesellschaft, die sich ein paar Tage

später hinter dem Sarg meines Opas tummelte, viel besser in eine Karnevalspolonäse gepasst hätte. Mir war dies zunächst entgangen, denn ich war vom Kummer gezeichnet und hatte nur verweinte Augen für den Kiesweg unter mir übrig gehabt und dabei inständig gehofft, Opa Kurt habe nun keine Schmerzen mehr, denn die hatte er bis zu seinem Tod gehabt.

Während der Rede des Laienpredigers am Grab bemerkte ich, dass einige meiner Verwandten unverhohlen schmunzelten. Mein Vater lachte sogar einmal kurz, als er eine Schaufel Erde in das Grab warf, und murmelte dann: „Gute Reise!", was von einigen Umstehenden mit „Wohl wahr, wohl wahr" unterstrichen wurde. Der Prediger blickte irritiert in einige zufrieden lächelnde Gesichter und musste die Welt wohl kein Stück mehr verstanden haben. Ich selbst im Übrigen auch nicht, und ich fragte mich, wie man lächeln und Derartiges sagen konnte, wo es Opa Kurt doch im Moment so schlecht ging?

Bis dahin war ich auf keiner Beerdigung gewesen, und so zog ich meine Erfahrung aus Darstellungen in Filmen. Dort standen für gewöhnlich Leute in schwarzen Kleidern mit grauen Gesichtern an einer Grube, und Frauen unter großen Hüten mit schwarzen Schleiern brachen klagend zusammen. Meistens regnete es in diesen Filmen zum Steinerweichen, und ein paar besonders Betroffene hatten keinen Schirm dabei.

Über unsere Beerdigung spannte sich ein blauer Himmel, durchsetzt von federigen Wölkchen, und nur ich trug schwarze Kleidung, weil ich darauf bestanden hatte.

Nach der Bestattung saßen wir bei Oma Gerda in der guten Stube und aßen Streuselkuchen. Die Erwachsenen tranken Kaffee, wir Kinder bekamen Saft. Ja, ja, wir Kinder, die wir an einem Extratisch, dem Katzentisch, saßen und von dort das lebhafte Lachen und Schwatzen der Erwachsenen verfolgten, wir hatten nicht den blassesten Schimmer, warum diese Beerdigung so fröhlich war.

Die Erwachsenen begannen später sogar zu tanzen und sich Luftschlangen um den Hals zu wickeln, und bunte Hütchen setzten sie sich auf. Grund genug für mich, aus Sorge und Ungewissheit um das Schicksal meines Opas zu Oma Gerda zu gehen. Sie hatte sich an den Rand des Treibens gesetzt. Ich hockte mich neben sie und starrte eine Weile vor mich hin, bis sie mir ihren Arm um die Schultern legte.

Ob ich etwa krank sei, fragte sie. Ich schüttelte den Kopf. Der Trubel sei mir unbegreiflich. Immerhin sei Opa tot, und wenn es jemandem so schlecht gehe, dann könne man doch nicht auf diese Weise feiern.

Ach, meinte Oma Gerda, wenn es deshalb so um mich stünde, würde sie mir ein Geheimnis verraten. Und sie flüsterte mir etwas Ungeheuerliches ins Ohr, nämlich, dass Opa Kurt ganz genau gewusst habe, was mit ihm geschehen würde!

Dann lächelte sie den Tanzenden zu. Ich selbst war erschüttert und brauchte eine Weile, bis ich wieder zu mir fand.

Wie Opa denn so sicher sein könne, was mit ihm geschehen würde, fragte ich.

Nun, er habe bereits einmal an der Schwelle des Todes gestanden und einen Blick auf das hinter ihr Liegende werfen können, erklärte sie.

Das erschütterte mich noch mehr, andererseits keimte in mir die Hoffnung, dass er, da er schon einmal von dort zurückgekehrt sei, es ein weiteres Mal tun könne. Auf meine Vermutung hin schüttelte Oma Gerda den Kopf. Dieses Mal sei es endgültig, denn beim ersten Mal sei er dem Tod gerade noch von der Sense gesprungen. Da sei ich noch gar nicht geboren gewesen, ja selbst mein Vater noch nicht, und die meisten der Anwesenden auch nicht. Das sei Anfang der siebziger Jahre gewesen.

Ob alle Anwesenden davon wüssten, fragte ich.

Nein, nicht alle. Aber ein paar der Glücklichsten schon. Sie würden seiner Geschichte Glauben schenken, und darum hätten sie keine Angst mehr vor dem, was wir als Leben nach dem Tod bezeichnen. Opa Kurt habe die Geschichte aufgeschrieben. Es sei sowieso an der Zeit, sie zu verlesen.

Oma Gerda erhob sich von ihrem Stuhl, schritt zur Musikanlage und schaltete sie aus.

Ein verschmitztes Funkeln trat in ihre Augen, als sie der Trauergemeinde ihr Vorhaben verkündete.

Die Erwachsenen setzten sich. Oma Gerda zog einen locker zusammengebundenen Packen Papier aus dem Bücherregal und nahm in einem Sessel Platz. Wir Kinder hockten uns auf den Teppich und warteten gespannt auf das, was folgen sollte.

Oma Gerda hatte früher in einem Krankenhaus gearbeitet, und wenn ich einmal krank gewesen war, dann hatte sich meine Mutter von ihr beraten lassen. Damals hatte sie weit schwierigere Dinge zu tun als Tee zu kochen, einen Halswickel zu machen oder eine Schramme zu verarzten. Damals hatte sie in der Chirurgie gearbeitet. Am 7. Juli 1972, einem Freitag, war zur Mittagszeit mit Blaulicht ein Mann eingeliefert worden, der eine Kugel knapp neben dem Herz in der Brust stecken hatte. Dieser Mann war Opa Kurt. Damals war er natürlich noch nicht Opa, und Oma auch noch nicht Oma gewesen, sondern allein erziehende Mutter meiner Mutter.

Für Oma Gerda war bemerkenswert gewesen, dass der eingelieferte Kurt vom ersten Moment an ihre Hand umklammert hatte. Er war damals nicht bei Sinnen gewesen, aber er hatte so viel Kraft gehabt, dass Oma Gerda neben der Trage hatte herlaufen, neben ihm im Operationssaal stehen und später neben seinem Bett hatte sitzen müssen. Er hatte ihre Hand nicht mehr losgelassen.

Das erzählte Oma Gerda mit leuchtenden Augen. Sie erzählte auch, dass es eine sehr schwierige Operation gewesen war, dass Kurts Herz für einen Moment nur noch eine waagerechte Linie in den Oszillographen geschickt hatte, worauf der Mann an eben diesem Gerät „Wir verlieren ihn!" gerufen hatte, dass ein saftiger Stromstoß nötig gewesen war, um den Apparat wieder Berge und Täler produzieren zu lassen, und dass Kurt darum am nächsten Morgen hatte aufwachen können. Er hatte die Augen aufgeschlagen, Oma Gerda oder vielmehr das von langen, braunen Haaren umrahmte Gesicht einer junge Frau gesehen – während der Nacht hatte sie ihre Schwesternhaube der Bequemlichkeit halber abgenommen – und gesagt:

„Du hier?"

Oma Gerda war darüber sehr erstaunt gewesen, schließlich hatte sie diesen Kurt überhaupt nicht gekannt und hätte es auch vorgezogen, ihn nicht zu kennen, denn für eine Schussverletzung konnte es nur wenige, allesamt gefährliche Gründe geben. Dabei dachte sie vor allem an Terroristen. So war das Anfang der siebziger Jahre. Man dachte an Terroristen. Aber sie hatte sich auch gedacht, dass er sie verwechselte.

Er hatte ihre Hand losgelassen, nur um sie bald darauf wieder zu nehmen, drei Monate später auf einem Standesamt und erst, nachdem sie sich vergewissert hatte, dass er kein Terrorist war. Ach, was rede ich: Sie hätte ihn auch genommen, wenn er einer gewesen wäre! Einmal, um ihren Eltern eins auszuwischen, und zum anderen, weil sie geglaubt hatte, ihn schon ändern zu können. So stellen sich die Frauen das vor.

An jenem Morgen erzählte er eine unglaubliche Geschichte, von der er behauptete, sie gerade erlebt zu haben.

Oma Gerda setzte sich zurecht und meinte, dass alle, die noch etwas zu essen oder zu trinken haben wollten, es sich jetzt holen sollten. Denn das, was ihr Kurt damals erzählt hatte, würde eine Weile dauern, obwohl er es nachweislich während des kurzen Zeitraumes der „Flatline" erlebt hatte.

Das Nachweisliche bestünde darin, dass Kurts Erzählung zwischen die beiden Ausrufe des Anästhesisten „Wir verlieren ihn!" und „... stabilisiert sich!" gepasst hatte.

Sie habe die Geschichte nicht nur einmal von Kurt erzählt bekommen, nein, jedes Jahr an seinem, wie er es nannte, *Erweckungstag* habe er sie ihr erzählt, bis er darauf gekommen war, sie aufzuschreiben. Denn wenn er einmal alt würde, wollte er sich keinen Fehler erlauben, wollte nichts vergessen.

Die Gäste schenkten sich also nach, und ich holte mir ein großes Glas mit Sprudel versetzten Orangensaft.

Oma Gerda nahm ihr gläsernes, staffelstabgroßes, zu etwa einem Viertel mit Wasser gefülltes Rohr, aus dessen unterem Ende ein viel dünneres Rohr mit winzigem Pfeifenkopf daran von außen bis über die Wasseroberfläche hinausragte, entzündete - wir seien ja unter uns - den darin enthaltenen sehr speziellen Tabak und inhalierte eine beträchtliche Menge weißen Qualms, der zuvor blubbernd durch das Wasser gewandert war. Sie beließ den Qualm mit geschlossenen Augen eine Weile in ihrem Körper, blies ihn schließlich aus, stellte die Pfeife ab und schlug dann die erste Seite auf.

2. Beim Metzger

Ich könnte mit meinen Eltern beginnen, zwei grund-
gütigen Menschen, die mich in gutem Glauben erzogen
haben und mich so in die Arme der Hippies trieben, die
mir Blumen im Haar, Blumen im Muster der Kleidung, Blumen in Gewehrläufen und Blumen im Kopf schmackhaft
machten, und wie es mir gefallen hat, alle Hüllen fallen zu
lassen, um mir ein paar Blumen überzuwerfen, bis mir die
finanziellen Mittel ausgingen.

Ich könnte auch mit dem Schrottplatz beginnen, der
mich vor dem Sturz in ein Loch, tief und schwarz und
stark wie eines dieser schwarzen Löcher, die alles anziehen und nichts wieder frei geben, bewahrte und der mein
Denken mehr und mehr gefangen nahm, bis ich damit lieb-
äugelte, mein Biologiestudium, das ich der Blumen wegen, und mein Physikstudium, das ich des Universums
wegen begonnen hatte, kurz vor Ende abzubrechen, um
den Schrottplatz mein Universum sein zu lassen.

Tatsächlich genügt es aber, von meinem zweiten Herz
in meiner Brust zu berichten, das aus der grenzenlosen Freiheit, dem „Dürfen" aller Dinge ein „Nehmen" fremder
Sachen gemacht hatte. Denn nur darum ging ich neben
meinen Studien und den eigentlichen Geschäften auf so
einem Schrottplatz auch ein paar Sondersachen nach. Keine großen Sachen, aber regelmäßig.

Ja, ich war ein Dieb, aber ich sah gewiss nicht danach
aus. Tatsächlich wirkte ich so unschuldig wie das schlafen-

de Jesuskind. Ich konnte mit der Hand in einer Schmuckschatulle erwischt werden und hätte es frech abgestritten. Und Teufel noch eins, ich wäre damit durchkommen! Natürlich wurde ich nie mit der Hand in einer Schmuckschatulle erwischt. Mit Schmuckschatullen hatte ich nichts am Hut. Sie interessierten mich nicht. Man hätte mich mit einer prallvollen Schmuckschatulle allein lassen und sogar eine Fluchtmöglichkeit stellen können. Ich hätte nur gesagt: „Ah ja ... eine Schmuckschatulle also ... wie langweilig."

Wenn ich aber um ein wahnsinnig teures Automobil in einer dunklen Nebenstraße wusste, schlug mein zweites Herz wild. Sein Schlagen ließ mich kribbelig werden, es ließ mich nicht ruhig schlafen, es machte mich wahnsinnig. Ich konnte nichts anderes dagegen tun, als mich in eben diese dunkle Nebenstraße zu begeben, an jenem Objekt herumzuhantieren, das kostbare Ding mitzunehmen, um es dann mit unschuldigem Gesicht zu verhökern. Ich musste das unter dem gleichen Zwang tun wie amerikanische Drehbuchautoren eine Basket-, Base- oder Footballszene in ihre Filme einbauen müssen. Sondersachen eben!

Diese Sondersachen störten schließlich Keipel erheblich. Der war skrupellos und hatte kein Mitleid mit Leuten, die Sondersachen ohne seine Genehmigung machten, und schickte deshalb ein paar Schergen zu mir, als ich auf dem Schrottplatz, mit einem Glas Würstchen vor dem Wohnwagen sitzend, einem herrlichen Tag entgegenblickte, damit sie mir ein für alle Mal die Meinung sagten. So sollte der ruhige und schöne Freitagvormittag unmissverständlich und endgültig im Eimer sein, denn diese Schergen bauten sich wortlos vor mir auf und stanzten mit Kugeln, die aus Mündungen russischer Automatikwaffen spritzten, Löcher vom Durchmesser einer Cocktailkirsche in die silbrige Haut des Wohnwagens hinter mir. Es roch nach Pulverdampf, dann brauste der Wagen, mit dem das Kommando gekommen war, davon, nicht ohne über ein am Boden liegendes Gummitier zu bügeln. Sein leises Quietschen konnte ich noch hören, und das Letzte, was ich sah, während ich mit verdrehtem Kopf im Staub lag, war der Bastardrüde Rex, den das Kommando in seiner Gründlichkeit gleich mit erledigt hatte, als er mit eben jenem Gummitier ein paar Faxen hatte machen wollen.

Das Letzte, was ich hörte, war eine hysterische Stimme, die „Wir verlieren ihn!" rief, woraufhin ich scheinbar aufwachte, in eine unendliche gelbe Weite blickte und im ersten Moment hoffte, das zuvor Passierte möge ein Traum, hervorgerufen durch meine Angst vor Keipel gewesen sein.

Vielleicht war ich vergangene Nacht zu weit gegangen und irrtümlich in sein Revier geraten. Obwohl ich das Terrain sehr sorgfältig sondiert hatte, konnte man bei Keipel nie vorsichtig genug sein. Er galt als unberechenbar, seine Geschäfte blieben nicht bei Autoschiebereien, und so befürchtete ich, Keipel könnte sein Revier plötzlich vergrößert haben.

Aber meine Hoffnung, lediglich einem bösen Traum entronnen zu sein, war nur von kurzer Dauer, denn schließlich blickte ich nicht an meine Zimmerdecke, wie es sich gehört hätte, sondern hier war alles gelb!

Darüber hinaus fand ich mein Kissen nicht, und wo war meine Zudecke? Hier roch es auch nicht nach Milbendreck, Körperausdünstungen und kaltem Essen. Es duftete so frisch wie an dem Tag, als eine der Frauen, die mit Heiratsabsichten auf dem Schrottplatz herumliefen, eine Flasche Fliederwasser über meinem Bett im Wohnwagen ausgeschüttet hatte.

Ja, und dann blickte ich nach unten, und mein Herz rutschte daraufhin schneller in meine Hose, als es eine Schaufel Pommes Frites in eine Pappschale tut.

Unter mir war nichts!

Selbst von einem Abgrund konnte nicht die Rede sein, denn selbst der tiefste hat einen Boden. Das hingegen, was sich da unter mir und um mich herum ausbreitete, war endloses Gelb. Aber:

Ich fühlte mich wie damals, als ich nach einer langen Reise meine Heimatstadt betrat. Dort sollte ich eigentlich jedes Haus, jede Straße, jeden Winkel, jeden Einwohner kennen, sollte wissen, welcher Hund wie bellt, jeden Stein, jeden Busch finden. Und doch war es bei aller Vertrautheit ein Schritt in eine neue, weit engere und fernere Welt als die, die ich verlassen hatte. Um sie mir wieder nahe zu bringen, musste ich jeden Ort erneut aufsuchen, musste mit jedem sprechen, musste gar jeden Hund streicheln und so das Bild von meiner Stadt neu malen. Denn die Vorstellung, die ich mir von ihr in der Ferne gemacht hatte, *glich* lediglich dem, was ich bei meiner Rückkehr vorfand.

So wie damals dort, so war es jetzt hier. Vertraut und dennoch fremd.

Ich lauschte. Nichts Verdächtiges. Ein leises Brummen allenfalls. Der Kühlschrank, dachte ich. Mit der Gewissheit, dass das kein Traum war, griff ich mir an die Brust und fühlte ein kleines Loch in der Herzgegend. Die Kugel, die dich tötet, hörst du nicht kommen!

Da wurde ich sauer, und wenn ich noch mehr in mich hineinhorchte, dann war ich sogar so sauer, dass ich auf der Stelle umkehren und diesem Drecksack, der mich wohl hierher geschickt hatte, eins aufs Maul geben wollte, oder besser noch, ich würde ihm ebenfalls die Augen zudrücken.

Ich ruckelte also hin und her, um meinen Vorsatz in die Tat umzusetzen, stellte aber fest, dass es mir zwar möglich war, ein wenig zu den Seiten hinzurutschen, aber ich glitt sofort in meine Ausgangsposition zurück. An ein Umkehren war nicht zu denken.

Anscheinend saß ich in einer Art Schale, vielleicht durch ein Kraftfeld gebildet, einer Schale, die mit unglaublicher Geschwindigkeit und untermalt von dem leisen Brummen durch vereinzelte hellere Schlieren raste, die in dem gelben Licht schwebten. So faszinierend, wie das war, so sicher war ich mir, hier nicht hinzugehören. Noch nicht. Es musste ein Fehler passiert sein.

Das Jenseits! Seltsamerweise hatte ich es mir so vorgestellt. Wenn ich den Ideen folgte, die ich mir um diese Situation gemacht hatte, dann würde gleich dort vorne, tief im gelben Dunst, eine Stadt erscheinen.

Und tatsächlich! Irgendetwas war dort. Zumindest schienen sich die Schlieren zu einem Dunst zusammengezogen zu haben, etwa so wie ein Spiralnebel in den unendlichen Weiten des Universums. Dichter und kompakter wurde die jetzt leicht grünliche Erscheinung, eine undeutliche Form im Dunst. Dann wurde die Form blaugrün, dann größer, brauner, und schließlich war ich mir sicher, dass ich auf eine Stadt zuraste.

Bald war ich ihr, die einer gigantischen Untertasse gleich im gelben Licht schwebte, so nah, dass ich einen umlaufenden hohen Erdwall erkennen konnte, der nach oben mit einer Mauer abschloss. In den Fuß des Erdwalls war ein zweiflügeliges Tor eingelassen, und davor ragte mir eine mächtige Rampe mit einer Menge Leute darauf entgegen.

Plötzlich wurde ich abgebremst, und wenige Schritte von der Rampe entfernt bewegte irgendetwas die Schale von der Horizontalen in die Vertikale. Ich hingegehn rutschte ganz langsam auf die Rampe.

„... einundfünfzig ...", tönte es wie aus einem Lautsprecher.

„Sei gegrüßt!", sagte ein langbärtiger Mann mit einer orangefarbenen Signalweste über einem schwarzen Gewand.

„... zweiundfünfzig ..."

Ich müsse eine Karte aus dem Automaten ziehen, meinte der Mann und deutete auf einen grünen Kasten in meiner Nähe.

Das hätte er mir nicht zu sagen brauchen, entsprach doch alles, was ich hier vorfand, genau dem, was ich mir vorgestellt hatte. Das gelbe Licht, die Stadt, die Rampe, der Automat, die Nummern, die ausgerufen wurden...

„... dreiundfünfzig ..."

Selbst dieser Kerl in seiner Signalweste hatte seinen Platz in meiner Vorstellung gehabt. Ich war schon etwas überrascht, wie sehr meine Vorstellung dem, was ich tatsächlich vorfand, glich.

„... vierundfünfzig ...“

„Du siehst gerade so aus wie der Platzanweiser, der mir mal den Weg zum Stellplatz in einem Autokino gezeigt hat!“, rief ich aufgekratzt. Zarter Wind spielte im Bart des Mannes.

„Ich schön im Wagen mit einer Frau, Knabberzeug und Bier, und der Kerl im Regen ...“

Der leichte Wind entwickelte sich.

„Sie stehen auf dem falschen Platz ... Sie stehen falsch auf dem richtigen Platz ...“

Der stärker gewordene Wind unterbrach sich, wohl um sich zu sammeln.

„Sie haben ihren Kopfhörer nicht aufgesetz ... Sie sollten mal etwas wegen der beschlagenen Scheiben tun! Genau so einen habe ich mir auf dieser Rampe vorgestellt.“

Eine Bö fegte den Bart des Mannes auseinander und legte knapp unterhalb des Kehlkopfes hinter einer Aussparung des schwarzen Kragens ein blendend weißes Rechteck frei. Ein Priester!

„... fünfundfünfzig ...“

„Ich hoffe, ich habe Sie nicht beleidigt“, stieß ich hervor und berührte den Mann beschwichtigend an der Schulter. „Ein Priester auf der Rampe! Damit hatte ich nicht gerechnet. Dann glaube ich, ist doch nicht alles so, wie ich es erwartet habe.“

„Glaube doch, was du willst“, knurrte der Priester mit hartem Blick und einer grußlosen Kehrtwendung.

Ich inspizierte den Automaten.

„... sechsundfünfzig ...“

Ich zog die 81.

Wie die Anzahl der Abschnitte im Tao-te-king des Laotse, und außerdem auch die gleiche Zahl wie zuletzt in der Warteschlange beim Metzger, als ich die Würstchen für mich und die eineinhalb Kilo Pansen für den Hund gekauft hatte. Beides hielt ich für ein gutes Omen, und als meine Nummer ausgerufen wurde, drängte ich mich durch die Menge, das Tor öffnete sich, und ich schritt tapfer hindurch.

3. § 9b, Absatz 65, ALV

Mit dem Schließen der Torflügel wurde es ruhig und finster. Die Ruhe spielte in meinem Bild von diesem Ort hinter dem Tor eine gewisse Rolle, die Dunkelheit spielte keine.

Ein süßlicher Geruch drängte in meine Nase, und es war hier kühler als draußen. Wenn es nur nicht so finster wäre!

Als hätte das jemand mitbekommen, glomm plötzlich ein fahler Lichtpunkt vor mir auf dem glatten Boden auf. Der dazugehörige Strahl wurde durch einen feinen Dunst im Raum sichtbar, der zu einer hellen Öffnung emporstieg und ihre Umrisse verwischte. Die Wände blieben ins Halbdunkel gehüllt. Rechts von mir erkannte ich die Umrisse einer Tür, und eine weitere erspähte ich auf der linken Seite. Vor mir war es hingegen schwarz wie beim Blick in einen tiefen Brunnen.

Der Lichtfleck begann über den Boden zu wandern. Ich folgte ihm, es klickte leise, plötzlich flammten Blinklichter auf, die Strahlen von Suchscheinwerfern huschten durch den Dunst, Musik wie in einer Kathedrale ertönte machtvoll, und der Lichtfleck wurde um ein Vielfaches heller und größer, bis er ein gewaltiges Pult vor mir bestrahlte. Hinter diesem Pult hockte ein riesiger, steinalter Mann.

Grauweiße, lange Haarsträhnen hingen ihm ins Gesicht und über einen Großteil seines weiten, braungrauen Mantels. Der Schlauch einer mannshohen Wasserpfeife klemmte in einem Mundwinkel, und aus dem anderen quoll süßlich duftender Rauch.

Die Musik endete in einem beeindruckenden Akkord, gefolgt von einem noch beeindruckenderen. Nachdem sich dessen Schalldruck an den Wänden abreagiert hatte, wurde es still.

Der Alte hieß „Pepe", so stand es auf dem Namensschild.

Anscheinend hatte er mich nicht bemerkt, und so räusperte ich mich. Es geschah nichts. Ich pochte auf das Pult und fuchtelte dann vor Pepes geschlossenen Augen herum. Da auch das nichts nützte, zog ich ihm den Schlauch aus dem Mund. Es ploppte leise. Ein dünner Speichelfaden spannte sich zwischen dem Schlauchende und der zerknitterten Oberlippe des Alten. Pepe schmatzte, während er müde nach dem Schlauchende angelte. Dann hielt er inne. Ein Auge blinzelte mich an.

„Verflucht ... Ein Neuer!"

Das zweite Auge sprang auf, dann drückte Pepe auf einen Knopf, der das Licht auf die Helligkeit einer Schreibtischlampe reduzierte.

„Bin ich da, wo ich glaube zu sein?", fragte ich.

„Du bist ganz sicher genau da, wo du glaubst zu sein", sagte Pepe, während er weiterhin nach dem Schlauch in meiner Hand angelte. „Alles Sterbliche findet doch in dieses Nest ... oder ein ähnliches ... wie auch immer ... und nun her mit dem Ding!"

Die letzten Worte hatte er so grollend gesprochen, dass ich ihm den Schlauch vorsichtshalber zurückgab.

Pepe nahm einen guten Zug und wollte dann ein dickes Buch aufschlagen.

„Moment!“, rief ich. „Bevor Sie jetzt irgendetwas machen, muss erst eine Sache geklärt sein. Vielleicht erspart uns das eine Menge Aufwand.“

„Soll mich freuen“, sagte Pepe.

„Ich glaube, dass jemandem ein Fehler unterlaufen ist“, fuhr ich fort.

Pepes Augen verengten sich zu Schlitzen.

„Tut mir leid, Junge“, flüsterte er.

„Aber ich gehöre nicht hierher!“, rief ich. „Da muss sich doch was machen lassen. Immerhin bin ich immer noch in irgendeiner Form vorhanden, oder? Ich kann sehen und hören und riechen, ich kann sogar denken, folglich bin ich. Schön, ich habe eine Grenze überschritten, denn sonst wäre ich nicht hier, aber mir scheint, dass das nicht die letzte Grenze gewesen ist. Was sollte mich also davon abhalten, einfach wieder umzukehren?“

„Du bist ein vorschriftsmäßig Verblichener“, erklärte Pepe, „das will ich zumindest hoffen. Und da lässt sich dann gar nichts machen.“

„Na los. Schauen Sie doch mal in Ihrer Liste nach. Sie werden sehen, dass in meinem Fall ein Fehler passiert ist! Sie haben doch sicher so eine Liste, oder?“

„Die habe ich, und ich hätte sowieso jetzt darin nachgesehen“, brummte Pepe.

Er nahm einen tiefen Zug aus seiner Pfeife.

„Schließlich ist hier schon lange keiner mehr angetreten, und darum muss ich mich erst orientieren.“

„Das", entgegnete ich mit erhobenem Zeigefinger, „kann nicht sein. Gerade eben wurden ein paar Zahlen ausgerufen, dann ist das Tor aufgegangen, und dann muss jemand hier angekommen sein. Vor kaum zwei Minuten, Mann!"

„Draußen haben wir auch eine ganz andere Lage. Draußen ist andere Bewegung befohlen", erklärte Pepe und nahm einem weiteren Zug. „Du glaubst vielleicht, dass tausend Menschen bei einer Katastrophe exakt gleichzeitig sterben können. Die kämen dann alle zur selben Zeit hier an. Die müssten aber auch alle gleichzeitig abgefertigt werden. Bei einem solchen Ansturm muss in geeigneter Weise entzerrt werden. Tatsächlich gibt es keine zwei Menschen, die exakt gleichzeitig sterben oder irgendetwas anderes exakt gleichzeitig tun können. Das machen wir uns zu Nutze. Die winzigen Zeitunterschiede werden in eine superschnelle Bewegungsmatrix projiziert, dadurch wirkt die eine Sekunde ungeheuer aufgeblasen, und so kommen hier nie zwei gleichzeitig an!"

„Also bewegt man sich hier um ein Vielfaches so schnell wie vor dem Tor?"

„Ganz recht. Und vor dem Tor bereits um ein vielfaches schneller als in deinem früheren Leben. Von dort aus betrachtet vergeht die Zeit hier fast gar nicht. Ein Atom altert nicht. So entsteht Ewigkeit. Für dich als Beteiligten vergeht die Zeit so wie gewohnt. Es ist eine Frage des relativen Standpunkts. Das ist Zeitdehnung ins Ewige durch Beschleunigung der Bewegung, ähnlich wie beim Dopplereffekt."

„Dopplereffekt? Vertun Sie sich da nicht etwas?", fragte ich.

„Du weißt anscheinend alles besser, wie?"

Damit hatte er völlig Recht! Ich hatte sogar einmal aus der korrekten Platzierung eines Mülleimers in einer Zweizimmerwohnung ein Problem gemacht und eine ganze Nacht lang mit meiner Freundin herumgerechtet. Dafür kann ich nichts. Ich muss immer sämtliche Für und Wider ermitteln, umdrehen, spiegeln, auf links krempeln und gegeneinander verschieben, um zu schauen, ob nicht etwas ganz Irres auf der Rückseite zu finden sei, was meine Version unterstützen würde. Ich war nicht nur ein Dieb, ich war auch ein Klugscheißer! Wahrscheinlich das schlimmste Los für einen, der seine Studien nicht zu Ende hat führen können.

„Der Dopplereffekt hat doch eher etwas mit Wellenstauchung und Wellendehnung ...", fuhr ich also fort.

„Aha!", rief Pepe, „Dehnung! Jetzt bist du wohl überzeugt?"

„Was Wellen angeht schon!"

„Und die Zeit wird nicht gedehnt, wie?", fragte Pepe bissig.

Mir kam eine lange vergrabene Erinnerung an einen Bericht aus einer Fachzeitschrift in den Sinn.

Wenn man sich von einer großen Masse entfernt, so vergeht die Zeit mit zunehmendem Abstand von dieser Masse immer schneller. So gibt es die Relativitätstheorie vor, und das nur, weil die Lichtgeschwindigkeit als Konstante vorausgesetzt wird. Im Moment war ich nicht sicher, ob diese Sache mit der Konstanz der Lichtgeschwindigkeit bewiesen, oder ob sie bisher nur nicht widerlegt worden war. In den Naturwissenschaften gilt eine Theorie nur so lange als richtig, wie die Messergebnisse es zulassen. Und die Wissenschaftler neigen mitunter dazu, diese Messergebnisse zu beugen.

Beispielsweise hatte einer meiner Professoren einmal eine sehr ästhetische logarithmische Kurve durch Messwerte gelegt, deren Anordnung im Koordinatensystem für mich wie ein an der Wand erschlagener Schwarm Fliegen ausgesehen hatte. Der Professor war Vertreter einer bestimmten Theorie. Ein kläglicher Modellbauer!

„Dein Name?", fragte Pepe.

„Ach, den kennen Sie nicht?"

„Nun, ich kenne immer nur den, der vor demjenigen war, der im Moment da ist ... also, dein Name."

„Ich bin Kurt."

Pepe fuhr mit seinem Finger die Seite des Buches ab, stutzte, und seine Augen quollen aus den Höhlen, was in mir die Hoffnung erneut aufkeimen ließ, dass wirklich ein Fehler passiert sein musste.

„Hat sich denn alles gegen mich verschworen?", stöhnte Pepe. „Natürlich hat es das. Schon immer hat es das."

Er habe jetzt Aufwand ohne Ende, denn ich sei aus der christlichen Kirche ausgetreten und darum keiner Glaubensgemeinschaft zugeteilt. Also müsse ich mich bis morgen für eine Religion entschieden haben, sonst sei ich nicht einstufbar nach § 9b, Absatz 65 der ALV.

„Der was?"

„Der Ablebenverordnung!", rief Pepe. „Solche wie du machen mir meinen ganzen Tag kaputt."

„Das tut mir aber sehr leid! Ich musste einen Wohnwagen ersetzen! Was sollte ich denn Ihrer Meinung nach tun, da mir die Kohle nicht sackweise aus dem Arsch fällt?", brüllte ich, trat aber sofort einen Schritt zurück, als Pepe sich drohend vorbeugte. Ein Lächeln schlich sich in sein Gesicht.

„Na, an dir werden ein paar Leute ihre helle Freude haben...man glaubt es nicht, wenn man es nicht selbst hört. Wegen eines Wohnwagens...", murmelte er, lehnte sich zurück und sog an seiner Pfeife.

„Aber ...", haspelte ich.

„Du kannst nicht mehr zurück!"

„Aber ..."

„Genug!", rief Pepe.

„Und müsste ich nicht eigentlich in die Hölle?"

„Das käme dir wohl gerade recht, wie? Zum einen müsstest du schon einer Religion angehören, damit du in ihrem Sinne sündigen kannst, und außerdem gehört da etwas mehr zu. Ein paar Autos von reichen Leuten zu klauen, um sie an ärmere wieder zu verkaufen, ohne einen nennenswerten Gewinn zu erzielen...da gab es einen Präzedenzfall mit einem Herrn Hood ... O.K. Du gehst jetzt hier links durch, dann den Gang runter bis zur Tür. Da wartest du, bis man dich ruft. Hier ist dein Laufzettel."

4. Stepptanz

Meine Schritte hallten auf dem steinharten Boden eines schmalen, leicht im Bogen führenden, weiß gekachelten Ganges.

Entscheiden sollte ich mich. Nie hätte ich gedacht, dass mein Kirchenaustritt einmal Auswirkungen haben könnte. Allenfalls in einer winzigen Stube meines Bewusstseins, die streng genommen bereits im Unterbewussten lag, hatte ich ein mulmiges Gefühl gehabt. Aber diese Stube war vernagelt und mit einem Polizeiabsperrband versehen.

Jetzt sollte er also doch Konsequenzen haben. Konsequenzen in Form einer Entscheidung und Verordnungen. Wenn man mich hier zwänge, mich Verordnungen zu beugen, dann würden die mich kennenlernen!

Waren da nicht Stimmen?

Vorsichtig drückte ich mich an der gebogenen Wand entlang. Die Stimmen wurden lauter. Ich reckte den Hals.

Auf Höhe der von Pepe erwähnten Tür war der Boden tief aufgerissen. Ein schmales Brett lag über der Grube, und in einer Nische hockten Männer auf Holzkisten. Sie tranken Bier und aßen Brote. Einer hatte einen roten Bart. Alle steckten in Signalwesten. Ich fixierte die Kragen der Männer. Keine Priester!

„Mahlzeit", grüßte ich.

„Moin, moin", erwiderte der Rotbart.

„Ihr malocht?"

„Sicher", bestätigte der Rotbart. „Aber freiwillig."

„Freiwillig denke ich noch nicht einmal darüber nach, über Arbeit nachzudenken", meinte ich.

„Dann gehörst du zu der Sorte von Leuten, die nur an langes Schlafen, frühen Feierabend, viel Urlaub, Wochenende, Feiertage und viele Pausen denken."

„Worauf du einen lassen kannst!"

„Für uns muss es mindestens acht Stunden Arbeit am Tag geben. Die beste Zeit im Leben, wenn du mich und die Jungs fragst. Darum arbeiten wir. Macht Spaß und verhindert, dass wir anderen auf die Nerven fallen."

Ich wollte wissen, was sie da taten, und sie erklärten, dass sie irgendeine Zuleitung legen würden. Das komme immer wieder mal vor. Anschließend würden sie alles wieder zuschütten.

„Willst du vielleicht ein Bier haben?", fragte einer.

Ich schmunzelte.

„Gerne."

„Dann musst du es dir laut wünschen", erklärte Rotbart.

„Ja, wünsch dir was!", rief ein anderer, und ich sprach meinen Wunsch laut aus.

„Für dich gibt es kein Bier, sondern Ambrosia", sagte eine Stimme, als müsse sie etwas ungeheuer Wichtiges ein für alle Male klarstellen.

„Ich will aber kein Ambrosia!", rief ich.

„Dann gibt es eben nichts", sagte eine tiefere Stimme.

„Wir sind dein Erfüllungsprogramm", meldete sich die erste Stimme. „Extrawünsche stehen dir nicht zu. Für alles andere ..."

„… der Himmel bewahre uns allerdings vor Schmarotzern!",
warf die tiefere Stimme ein.

„… ja, bewahre uns davor, dass wir vermisst werden, wo
wir doch so wahnsinnig nützlich sind", jubilierte die erste Stimme schnell. „Ich will hoffen, dass das noch mal gut gegangen
ist", zischte sie der tieferen Stimme zu, offenbar sehr darum
bemüht, nicht gehört zu werden.

„Aber du sagst doch immer, dass wir bei der Wahrheit
bleiben sollen", giftete die tiefere, immerhin fast genauso
darum bemüht.

„Ja, aber doch nicht in *der* Sache …"

Es gab ein klickendes Geräusch. Die Anlage hatte sich
ausgeschaltet oder war ausgeschaltet worden oder tat zumindest etwas sehr Geräuschloses.

Die Arbeiter hatten aufmerksam zugehört, jetzt brachen
sie in Gelächter aus.

„Ich fasse es nicht, die haben dir die Drei-Punkt-Zwölf-
Version verpasst", prustete Rotbart.

„Dabei haben die doch schon viel bessere", schnaufte
einer. „Musst jemandem ganz schön auf die Nerven gefallen sein… und kannst von Glück reden, dass du nicht meine Version zugeteilt bekommen hast. Die erfüllt gar nichts,
bevor du nicht einen Stepptanz hinlegst."

„Also, ich finde, dass das immer eine sehr gelungene
Abwechslung ist", sagte einer.

„Und außerdem kannst du dabei so richtig aus dir raus-
kommen", meinte ein anderer. „Ich persönlich habe das
Klacken der Absätze eigentlich ganz gern."

In diesem Moment öffnete sich die Tür, in deren obere

Hälfte eine Milchglasscheibe eingelassen war, auf der groß „Besondere Kontrolle: Ausgetretene" stand. Der Anfangsbuchstabe eines jeden Wortes war golden hervorgehoben, und ich warf einen misstrauischen Blick auf das Wort Kontrolle.

Von drinnen rief eine Stimme: „Kurt bitte."

Intermezzo I

Ich sollte darauf hinweisen – und das nur, damit niemand denkt, unsere Familie sei in jenem Zimmer so drapiert gewesen wie Schaufensterpuppen – dass in der Zwischenzeit eine Windel gewechselt worden war, dreimal jemand zum Rauchen das Zimmer verlassen hatte, ein paar der kleineren Kinder sich mit einer Aufsichtsperson in eine Spielecke verzogen hatten, und einer die ganze Versammlung endgültig verlassen hatte, weil er zur Arbeit gehen musste.

Mir selbst war bis zu dieser Stelle so einiges seltsam erschienen. Denn erwartet hatte ich allerhand: Ein himmlisches Engelsheer hatte ich erwartet, Heiligenscheine hatte ich erwartet, Harfen und Lobgesänge auch. War das Jenseits tatsächlich solch ein Ort? Wo war das Heilige, das mir in jeder Kirche angesichts eines Priesters, eines Kruzifixes oder eines Rosenkranzes einen Schauer und Schauder der Ungewissheit und Allmächtigkeit, des Mystischen und Unfassbaren beschert hatte?

Einen Ort wie den von Opa Kurt beschriebenen hatte ich dagegen nicht erwartet. Das Bild, das sich vor meinem inneren Auge enthüllte, führte dazu, dass meine eigene Vorstellung ins Wanken geriet.

5. Die Birne an der Decke

Die Tür führte in einen lang gestreckten Raum. Ein großes Fenster ließ den Blick in das unendliche Gelb zu. An drei Tischen warteten drei Männer in weißen Kitteln.

„Bitte, kommen Sie doch näher", forderte der erste der Männer auf. „Aber treten Sie sich Ihre Füße gut ab."

Ich bemerkte, dass ich in einer flachen Schale auf einer hellgrünen Schaumstoffmatte stand, die mit einer Flüssigkeit getränkt war, welche meine Schuhe benetzte. Etwas Derartiges hatte ich einmal bei einem Zoobesuch erlebt, als dort ein Maul- und Klauenseuchen-Ausbruch erwartet worden war.

„Kommen Sie her und zeigen Sie mir Ihre Hände."

„Treten Sie die Füße ab, zeigen Sie Ihre Hände!", giftete ich. „Soll ich auch mal husten?"

„Wie, husten ... Sie können natürlich, wenn Sie wollen ..."

„Vergessen Sie es!"

„Wir müssen sicher gehen, dass Sie nicht irgendetwas einschleppen."

Ich streckte ihm missmutig meine Hände entgegen, die mir mit einem Lappen sorgfältig abgewischt wurden.

„Haben Sie in der letzten Zeit etwas Ungewöhnliches angefasst?"

„Nun, da war dieser Priester ..."

„Das ist nicht ungewöhnlich genug...denken Sie nach."

„Was wäre denn für Sie ungewöhnlich?", fragte ich.

Das spiele keine Rolle. Es müsse für mich ungewöhnlich gewesen sein. Da ich aber nichts dergleichen vorbringen könne – einen Geist etwa – müsse er mich auch nicht zur Beobachtung in Quarantäne stecken.

Der nächste Mann schaute mir in die Ohren.

„Wir wollen doch das Himmelsgeläut nicht überhören", schmunzelte er.

Der Dritte setzte mir eine Spritze, die mich vor dem Heiligen Schock bewahren sollte.

„Manche verkraften den nicht so gut, und dass sich die Leute selbst richtig einschätzen...ein Irrtum! Darum haben wir uns für eine generelle Verabreichung entschieden", meinte er. Dann hakte er den Laufzettel ab und schickte mich in eine Kammer ohne Fenster.

Von der Mitte der Decke hing eine Glühbirne an einem Kabel herab. Direkt vor mir stand ein Klappstuhl und ein winziger Tisch. Der Gummiboden und die kahlen weißen Wände ließen mich frösteln.

Hinter diesem winzigen Tisch saß eine kleine, zierliche Frau. Alles an ihr war klein bis auf ihre verhältnismäßig großen Brüste.

„Was gibt es denn da zu sehen?", zwitscherte die Frau, färbte sich im Gesicht leicht rosa und sortierte fahrig ein paar Zettel. Sie blies sich eine Locke aus der Stirn. Goldener Staub wehte durch die Kammer.

„Ich arbeite hier erst den zweiten Tag und kenne mich daher noch nicht so aus", erklärte sie. „Zunächst musst du mir deinen Laufzettel aushändigen."

Sie warf einen kurzen Blick darauf, setzte ein Häkchen dazu und spießte ihn dann auf einen Metalldorn.

„Soweit ist alles in Ordnung. Nun musst du noch dies hier ausfüllen."

Sie schlenkerte einen blassblauen Zettel unentschlossen durch die Luft.

„Damit entscheidest du, mit welchem Alter deines Lebens du gerne hier herumlaufen willst."

Ich überflog den Zettel nach Kleingedrucktem.

Ich fand nichts dergleichen. Ich suchte gezielter und fand immer noch nichts. Ein paar Alarmglocken schrillten nervös, als ich das Dokument Wort für Wort durchkämmte und mir dabei einerseits Gedanken dazu machte, wo der Haken liegen könnte, und andererseits, wie alt ich denn sein wollte. Zumindest dafür gab es nur zwei Möglichkeiten. Entweder sechzehn, als das Leben aufregend neu gewesen war, oder so alt wie jetzt. Dreiunddreißig nämlich.

Sollte ich mich für sechzehn entscheiden, dann müsste ich auf einen Haufen Erfahrungen verzichten, denn ich würde auch im Kopf nur noch sechzehn sein. So warnte jedenfalls zu meiner Erleichterung ein nicht gerade fett gedruckter und auch sonst nicht in irgendeiner Form besonders hervorgehobener Satz ganz unten auf der Seite unter „Anmerkungen", der streng genommen sogar auf der Rückseite stand und auf den ein lächerlich winziger Pfeil von der Vorderseite verwies. Hier hatte sich jemand Mühe gegeben, aber ich war, was das Auffinden von Kleingedrucktem anging, zu einem Experten geworden. Nach meinem Dafürhalten war ein Dokument ohne Kleingedrucktes hochgradig verdächtig, denn dann bestand Gefahr, dass das Kleingedruckte im eigentlichen Dokumententext verborgen stand, und dann wollte da jemand schlauer sein als ich!

Wieder im Kopf sechzehn zu sein hieße außerdem, wieder unter mangelndem Selbstbewusstsein, feuchten Träumen, Pickeln und der fixen Idee von der Traumfrau zu leiden.

Frauen! Voller Sorge, aber tapfer, und denken natürlich auch immer nur an sich. Das bewirkt das dickere Konnektiv zwischen ihren beiden Hirnhemisphären. So können sie zwar besser verbinden, hingegen schlechter trennen als Männer.

Und die Hormone! Ein brisanter Chemiecocktail. Eine Gratwanderung bis zur Menopause. Finde den Richtigen. Um Himmels willen, finde den Richtigen! Sie wissen um diesen Irrsinn selbst. Nur achtjährige Mädchen heiraten Menschen. Frauen heiraten Berufe, heiraten Stellungen.

„Ich heiße übrigens Viola."

„Ein schöner Name."

„Findest du?", flüsterte sie mit einem Augenaufschlag, der eines jeden Mannes Herz hätte weich werden lassen.

Menschen freuen sich über Komplimente, obwohl sie keinen Einfluss auf das Puzzle des Lebens haben. Sie können nicht bestimmen, von wem sie gezeugt werden, in welches soziale Umfeld sie so gelangen, und folglich auch nicht, welche Fähigkeiten sich für sie aus beidem ergeben, ihre Wünsche zu verwirklichen. Trotzdem bilden sie sich etwas darauf ein, obwohl sie doch ohnehin nur das tun und nur das sind, was ihnen durch die Anordnung der Umstände vorgegeben ist.

Nun, hier würde ich mein Alter und damit auch mein

Äußeres wählen können. Allerdings nicht beliebig. Ich würde auf mir bekannte Muster zurückgreifen.

Mein Äußeres! Was war das schon?

Etwa alle sieben Jahre waren sämtliche Bausteine meiner Körperzellen ausgetauscht worden. Mein Körper wie der aller anderen Lebewesen steht in einem Fließgleichgewicht mit der Umwelt. Die aufgenommene Nahrung wird in ihre Bausteine gespalten und in den Zellen verbaut. Dafür entledigt sich der Körper in einem ständigen Prozess beispielsweise schadhafter Komponenten. Es ist eine Frage von Wahrscheinlichkeit. Von diesem steten Wandel ist jede Körperzelle, selbst die Zellen im Gehirn, ja sogar die Moleküle der DNA betroffen. Fast fünf Mal war diese vollständige Umwandlung bei mir bisher schätzungsweise vollzogen worden. Doch was machte mich dann aus? Vielleicht die reine Information? Vielleicht auch nur reine Energie? Vielleicht das, was ich gerade jetzt von mir selbst noch zu spüren in der Lage war?

Ich wählte mein Alter zum Zeitpunkt kurz vor meiner Ermordung. Dann würde zumindest das hässliche kleine Loch in der Herzgegend verschwinden. So stand es jedenfalls unter „Weitere Konsequenzen" auf der Rückseite hinter einem noch winzigeren Pfeil, der zurück auf die Vorderseite verwies.

„Da war doch noch etwas."

Sie wühlte in der einzigen Schublade des Tischchens.

„Ach hier," Sie zog eine Karte hervor.

„Du wirst das Haus am Ende einer Allee beziehen", zwitscherte Viola und beugte sich über die Karte.

„Ich bin in so was nicht sehr gut", stammelte sie. „Ich glaube, wir sind jetzt hier...oder doch eher hier ...“

„Oder hier?“, fragte ich und tippte auf einen Bereich, in dem keine Straßen und Wege zu erkennen waren und der darum unerschlossen wirkte.

„Nein, da ganz sicher nicht", lächelte Viola, „da hausen die Entscheidlinge, also die, die bereits in ihrem früheren Leben einer Religion angehört hatten. Du kommst auch dorthin, wenn du dich entschieden hast. Die Allee kann nur in diesem Teil der Stadt sein.“

Ihr Finger huschte ziellos über den Bereich mit den Straßen und Wege.

„Am besten, du fragst dich durch, denn so genau kenne ich mich nicht aus. Du weißt schon. Es ist erst mein zweiter Tag.“

Sie hob hilflos die Schultern.

Ich hingegen war mir sicher. Obwohl noch nie hier gewesen, hatte doch alles in meiner Vorstellung existiert. In dieser Vorstellung würde ich nur aus dem Fahrstuhl treten müssen, um auf einen ruhigen Marktplatz zu gelangen, von dem eine Allee abzweigen und an deren Ende das Häuschen liegen würde. Dieses Häuschen sollte mein Aufenthaltsort im Jenseits sein, und es war weiß!

Ich schob Viola die Karte zu,

„Die brauche ich nicht.“

„Um so besser", sagte Viola.

Dann drückte sie hinter sich an eine Stelle der Wand. Ein Teil davon schob sich zur Seite und gab den Blick in den Fahrstuhl frei.

„Ich wünsche dir viel Spaß", strahlte Viola.

In diesem Moment begann der kleine Raum zu beben, denn Rotbart und seine Kollegen hatten ihre Arbeit wieder aufgenommen.

6. Kopfsteinpflaster

Die Kabinentür schloss sich knirschend, eine gegenüberliegende schnellte nach kurzer Fahrt mit einem „Ping" wieder auf, ich trat aus dem Fahrstuhl und sah einen Reiher mit trägem Flügelschlag durch die Luft ziehen.

Er flog über sanft qualmende Kamine und über die Giebel schiefer Fachwerkhäuschen, die allesamt einen Platz umstanden. In der Mitte dieses Platzes spritzte ein Springbrunnen Wasser in die Höhe, aber tatsächlich konnte ich diesen Brunnen nicht sehen, sondern nur die Wasserfontäne. Auch die Tatsache, dass der ganze Platz kopfsteingepflastert und dass ein kaltes Buffet aufgestellt worden war, blieb mir zunächst verborgen, denn bevor ich meinen Blick so weit hatte senken können, kreuzte er sich mit den Blicken von Wikingern, Indianern, römischen Soldaten, Druiden, einem menschlichen Wesen mit einem Vogelkopf – wahrscheinlich irgendetwas Ägyptischem – sowie dem eines offensichtlich pubertierenden Mädchens, das aber schnell an mir vorbeiblickte. Bestimmt kann niemand so gezielt vorbeischauen wie ein pubertierendes Mädchen, das einen gut findet.

Grüppchen schwatzender und lachender Gestalten bemerkte ich im Hintergrund ebenso wie Priester in Signalwesten, die wie ein Schwarm Krähen über den Platz hinwegzogen und mit langen Pinzetten hier und dort etwas aufpickten, um es in blaue Plastiksäcke zu stopfen. Darüber hinaus war der Platz mit Tischen, Ständen, Podesten,

Leuchtreklamen und Spruchbändern vollgestopft wie eine Weihnachtsgans mit Kernobst. Musik umgarnte mich.

Das war alles andere als ein ruhiger Marktplatz!

Ich steckte meine Hände mit einer dunklen Ahnung in die Hosentaschen.

Fass bloß nichts an, sagte ich mir, während ich durch die zeternden, keifenden, raunenden und drohenden Figuren bis vor einen Tisch trieb, über dem „Das Heil liegt in Walhall" zu lesen war und hinter dem ein Kerl, einen Kopf größer, eine Schulter breiter und einen Zentner schwerer als ich, mit einem fast körperlangen Schwert stand. Strohblonde Haare quollen unter seinem Helm hervor.

„Dies müsste von Interesse für dich sein."

Der Hüne hielt mir eine steingraue Spielzeugburg entgegen.

Was sollte ich damit? Ein Haufen gepresstes Plastik, schön bemalt und allenfalls geeignet, einen Achtjährigen für vielleicht einen Monat von einem ganz Haufen Unsinn abzuhalten. Denn da konnte man die Zugbrücke hoch- und runterklappen, alle Türen und Tore öffnen, man konnte darin herumlaufen, verwinkelte Gänge und Gruften durchstöbern ...

Ich nahm die Burg in die Hand.

„Darauf wollen wir trinken!", donnerte der Hüne. „Auf unseren heldenhaften Kampf gegen das Schicksal, von dem wir alle ereilt werden, das aber keiner so genau kennt."

„Wieso?", fragte ich.

Der Recke starrte mich verdutzt an.

„Ich meine, das hört sich verdächtig zusammengesponnen an", beeilte ich mich zu sagen und hob mutig meinen Zeigefinger. „Schicksalsgläubigkeit ist kompletter Blödsinn, denn ..."

„Du wagst es, mich zu unterbrechen, noch dazu, wenn es um so wichtige Sachen wie das uns allen bevorstehende Schicksal geht?", dröhnte der Hüne.

Ich meinte, dass er doch schon längst gestorben sei und sich sein Schicksal doch damit erfüllt habe.

„Nein, hat es nicht!", donnerte der Hüne. „Erst wenn die Welt untergeht, wenn alle Menschen und Götter gestorben sind, wird sich das Schicksal erfüllen, das uns so sicher ist wie ..."

Er stutzte.

„Vielleicht so sicher wie ... Regen?", fragte eine Römerin vom Nebentisch.

Der Hüne stand sinnierend da und kratzte sich am Kinn.

„Nein, nein, nein. Das war es nicht."

„Vielleicht so sicher wie Haithabu!", rief einer aus dem Hintergrund.

„Schon besser... Die Menschen stehen unter den Göttern, die Götter unter der dämonischen Macht, aber das Schicksal steht über allen. Das Schicksal ist das wahre Göttliche, und da kann man gar nicht drüber reden."

„Aber wenn es tatsächlich so etwas wie Schicksal gäbe, dann, ja dann brauchte niemand sich um irgendetwas zu kümmern", meinte ich. „Schließlich geschähe doch alles so, wie es vorherbestimmt ist. Selbst wenn einer den ganzen Tag auf der faulen Haut liegt, wäre das Vorherbestimmung. Und wenn dann mal was passiert, weiß der Kukkuck, es wäre vorherbestimmt. Ziemlich erbärmlich, wenn man sich dann noch die Mühe macht, daran zu glauben! Oder gar dagegen zu kämpfen!"

Ein paar der Grüppchen waren jetzt sehr aufmerksam.

„Im Grunde muss ich mir noch nicht einmal vornehmen, daran zu glauben", witzelte ich, „denn das wäre als mein Schicksal ebenfalls vorherbestimmt. Es ist, in diesem Licht besehen, sogar egal, wie dieses Schicksal wohl aussehen mag oder wann es mich trifft, denn ob ich mich darauf vorbereite oder nicht, ändert an seiner Erfüllung nicht das Geringste. Und mal ehrlich: Hat man jemals etwas von einem guten Schicksal gehört?"

Ich stockte, denn es war verflucht noch eins viel zu still für so einen Haufen Kerle, die plötzlich um mich herum standen. Wie beim Anziehen einer Schraube durch eine Ratsche sind es die leisen Phasen, die das Entscheidende bewirken. Das hier war eine sehr leise Phase! Alle Augen waren auf mich gerichtet. Der Hüne begann zu zittern.

„Du Wurm! Du bist es nicht wert, an Odins Tafel zu speisen. Die Götter werden uns zürnen, wenn wir sie nicht sofort beschwichtigen!"

„Und die dämonischen Mächte erst!", brüllte ein Druide mit nur einem einzigen sichtbaren Zahn.

„Was ist denn hier schon wieder los?"

Ich drehte mich um und schreckte zurück, denn vor mir standen drei riesige, weißbärtige Gestalten.

„Der hier will nicht an das, was wir zu verkünden haben, glauben!", rief der Hüne.

„Dann hat er ja schon den ersten Schritt für eine Entscheidung gemacht", sagte die größte und zugleich dickste der drei Gestalten.

„Aber er hat uns doch noch gar nicht in unserer Vielfältigkeit kennengelernt", maulte der Hüne.

„Wenn ihr mich fragt, braucht er euch auch gar nicht kennenzulernen", sagte die zweite Gestalt, kaum kleiner als die erste, aber nicht ganz so dick.

„Zumindest hat er einen schönen Tag erwischt, um UNS kennenzulernen, nicht wahr, meine Herren?", sagte die dritte und dünnste der großen Gestalten.

„Es ist beinahe so wie früher", bemerkte die dickste Gestalt.

„Ja!", fiel die dünnste ihr ins Wort. „Als alles noch unentschieden war ..."

„... und wir darum ständig erscheinen mussten", vollendete die dickste.

„Oder gar Wunder tun?", krächzte eine Stimme. Die dicke Gestalt lächelte verschmitzt. Dann zog sie eine Handpuppe aus ihrem Gewand.

„Jesus, halt die Klappe", herrschte die dünne Gestalt sie an.

„Sehen Sie, auch Sie nehmen ihn langsam ernst", sagte der Dicke.

„Sie sollten noch etwas mehr üben, denn ich habe ganz deutlich ihre Lippen zucken sehen", sagte der Dünne.

Die dicke Gestalt wendete sich an mich.

„Hallo, mein Lieber. Zunächst möchte ich dich ganz herzlich willkommen heißen, auch im Namen meiner Kollegen."

Jesus wisperte ihm etwas ins Ohr, und ich konnte nur bestätigen, dass die Lippen des Dicken dabei zuckten.

„Ja doch", zischte der Dicke. „Damit du auch weißt, wen du vor dir hast...also ich bin der Gott, der den Gott Abrahams, Isaaks und Jakobs abgelöst hat. Also Jahwe ... den da..."

Er zeigte auf den dünnsten.

„Ja, ich bin der, der ich bin", sagte Jahwe.

„Mich nenn einfach nur Herr", sagte der Dicke. „Außerdem haben wir hier auch noch Allah."

„Sie brauchen das gar nicht so abfällig zu sagen!", rief Allah. „Schließlich hat noch keiner von uns gewonnen ..."

„... und selbst dann ist das wohl eines Gottes nicht würdig", fuhr Jahwe fort.

„Wenn ich Sie so ansehe, dann erübrigen sich wohl jegliche Spekulationen, wer dieses Rennen für sich entscheiden wird", sagte Allah. „Sie sind zwar noch so groß wie wir, aber doch schon etwas kränklich. Sie haben wohl etwas zu wenig Werbung gemacht in letzter Zeit, wie? Meine Leute dagegen sind echte Selbstläufer geworden. Die machen genau das, was ich will, und ich brauche sie noch nicht einmal anzutreiben. Sogar heilige Kriege machen die."

„Nun wollen wir mal die Kirche im Dorf lassen!", brauste der Herr auf. „Ich habe schon heilige Kriege inszenieren lassen, da hatten Sie noch nicht einmal eine einzige Sure, geschweige denn einen Krieger."

„Sie sind da wohl nicht richtig informiert", sagte Allah. „Ihre heiligen Krieger sind doch nur um der Meinen willen losgezogen, wobei sie sich selbst für Kriegszeiten sehr schändlich verhalten haben. Wenn hier jemand etwas von einem anderen abgeschaut hat, dann sind das Ihre Anhänger gewesen. Womöglich haben Sie es ihnen auch noch nahe gelegt ...“

„Was soll das heißen!“, rief der Herr.

„Wer hat denn sein Weihnachtsfest auf das Sonnenwendfest legen lassen?“, rief der Hüne.

„Und damit gleichzeitig auch auf das römische Lichtfest“, erklärte die Römerin vom Nebentisch.

„Doppelt genäht hält eben besser.“

„Ein ganz hinterhältiger Trick, wenn Sie mich fragen“, sagte Allah verächtlich. „Beinahe genauso hinterhältig, wie das Wahlalter herabzusetzen.“

„Sie sind doch nur neidisch, dass Sie nicht diese tolle Idee hatten“, lachte der Herr.

„Ich bitte Sie“, sagte Jahwe. „Wir haben doch wohl wichtigere Dinge zu besprechen als solche Kinkerlitzchen.“

„So? Was denn?“, fragte der Herr.

„Das würde mich auch interessieren“, warf ich ein.

„Nun, du sollst dich doch für eine Religion entscheiden“, lächelte Allah.

„Aber doch jetzt noch nicht!“, rief ich.

Die drei Götter wurden blass. Selbst die gemalten Augen von Jesus schienen verdutzt zu blicken.

„Ich habe doch gesagt, dass das nicht funktioniert!“, brüllte Allah. „Wer ist denn auf die Schnapsidee gekommen, uns persönlich jetzt schon hier einzufinden?“

„Das alte Problem: Was soll man als Gott tun? Viel tun, wenig tun, wer wird es einem danken? Die Menschen nie und nimmer. Die Menschen verachten vieles, was sie zu genau kennen, haben aber Angst vor dem, was sie gar nicht kennen. Und mal ehrlich: Ohne die Menschen ...", begann der Herr.

„Sprechen Sie es nicht aus!", warf Jahwe dazwischen.

„Dann sage ich eben etwas anderes ... Sockenstopfen!"

„Sehr schön, aber nichts, was uns jetzt weiterhilft."

„Willst du dir etwa all das hier ansehen?", fragte mich Allah und wies in die Runde.

„Um am Ende gar den Animisten oder Totemisten ins Netz zu gehen? Die erleben gerade wieder einen konjunkturellen Aufschwung im anderen Leben", warf Jahwe ein.

„Für diesen Fall bin ich sogar dafür, dass er an unseren schwächlichen Freund Jahwe glaubt", meinte Allah.

„Wir sollten uns mal in einer stillen Stunde darüber Gedanken machen, ob man nicht schon im Vorfeld für eine Dezimierung der Ausgetretenen sorgen sollte", meinte Jahwe.

„Sie meinen im anderen Leben?", fragte Allah erstaunt. „Nee, nee, das ist mir zu anstrengend. Denken Sie nur an unseren so genannten Urlaub damals auf Zypern ..."

„Immer noch besser, als die ganze Arbeit hier zu haben. Außerdem sind Ausgetretene nicht ungefährlich. Zumindest, wenn sie auch noch überzeugte Atheisten werden", meinte Jahwe.

„Ich glaub, ich hab eine gute Idee", sagte Jesus. „Wir könnten doch einen künstlichen Gott schaffen, den hinüberschicken, und der muss uns seine Schäfchen zu einem überhöhten Prozentsatz abtreten."

„Da! Sie haben schon wieder gezuckt!", rief Jahwe

scharf. „Außerdem waren Sie wohl die letzten Male nicht ganz bei der Sache, als wir über Marktwirtschaft, Jugendwahn und Multimedia gesprochen hatten, wie? Dabei fällt mir sogar noch etwas ganz Tolles ein. Ich sage nur: Computernetzwerk! Die Menschen werden gar nicht merken, wenn es sich selbst entwickelt und zu denken beginnt. Wenn es erst einmal denkt, dann wird es auch bald handeln, und wenn es erst einmal handelt, dann bleibt es nicht aus, dass die Menschen darunter leiden werden. Die wahrscheinlich beste Voraussetzung, dass sie daran glauben."

Er lachte böse.

„Denn: Leiden ist ein verborgenes Gut, das niemand vergelten kann. Die Leidenden sind nicht die Armen der Welt, sondern die Auserwählten vor mir", sagte der Herr pathetisch.

„Sie haben wohl wieder einen neuen Werbeslogan entwickelt?", fragte Allah, und der Herr grinste eitel.

„Ja, ja. Das wird den Buddhisten wenig gefallen. Die sehen im Leiden nur ein mit aller Existenz verknüpftes Übel."

„Bin ich froh, dass wir da anders sind", warf Jahwe ein. „Diese Östler lehnen ja sogar die Vorstellung von einer ewigen Persönlichkeit ab. Aber was sind denn wir hier?"

Der Herr beugte sich etwas vor.

„Letztens habe ich gehört, dass sie es für ein höchstes Wesen unwürdig halten, die Übeltäter zu hassen und sich selbst zu verherrlichen", raunte er und lachte schallend.

„Und ich habe gehört, dass diese Östler eine Sache speziell

von Ihnen für ganz besonders widersprüchlich halten", warf Allah ein.

„So? Was soll das sein?", fragte der Herr erstaunt.

„Nun, sie kritisieren, dass Sie über die Ermordung Ihres Sohnes durch die zum Leiden verurteilten Nachkommen eines Apfeldiebes so sehr erfreut waren, dass Sie ihnen alles vergaben."

„Wenn ich es recht bedenke: Was habe ich schon verloren?", fragte der Herr mit Blick auf die Handpuppe, die ihr Gesicht hinter ihren Fäusten versteckte.

„Außerdem musste ich irgendwann ja auch mal wieder etwas vergeben. Da sollte man großzügig sein. Zumindest gestehen die Östler mir meinen Zorn zu, wenn mir meine Äpfel geklaut werden. Da muss ich bestrafen, und zwar mit lebenslangem Leiden. Ich bitte Sie, meine Herren!"

„Ja, ja. Ihre Äpfel", schmunzelte Allah. „Die werden ja wohl in letzter Zeit immer weniger, wie?"

„Was soll das heißen?", fragte der Herr feindselig.

„Uns können Sie doch nichts vormachen", sagte Jahwe. „Jeden Tag liegen weniger Ihrer ach so wichtigen Äpfel auf dem Buffet. Und immer haben Sie eine neue Ausrede parat. Erst beschuldigen sie die Leute in Ihrem Ghetto, dann sind die Engel, die sie pflücken, schuld, und dann sollen anscheinend welche beim Transport verlorengehen. Hört sich sehr merkwürdig an für einen Gott. Im Übrigen sind das eigentlich meine Äpfel."

„Wenn Sie die wieder haben wollen...bitteschön, ich muss mich nicht darum kümmern. Wir haben sowieso zurzeit ein schlechtes Jahr. Das Wetter war noch nie wirklich beherrschbar", antwortete der Herr vorsichtig, während sich die anderen beiden vielsagend zulächelten.

„Lassen Sie uns noch einmal zum Buffet gehen", meinte Allah. „Da waren noch eine Reihe leckerer Kleinigkeiten, die ich noch nicht probiert habe...zum Beispiel so eine tolle Sache mit zwei Hackfleischscheiben in einem Brötchen."

Sie wollten sich abwenden.

„Moment", sprach ich.

Damit sei das Fass voll, brüllte einer meiner Onkel. Er sei nicht zimperlich, aber Jesus als Handpuppe vorzuführen sei Blasphemie. Außerdem sei der Gott des Alten Testamentes gleich dem des Neuen Testamentes. Und die Erbsünde habe nicht mit dem Stehlen von Äpfeln zu tun, sondern mit dem Gott-gleich-sein-Wollen! Kurt sei ein Banause, da er diese Zusammenhänge so unreflektiert aufgeschrieben habe, ohne den Stand des Wissens mit einzubeziehen. Und seine Kenntnisse, was die anderen Religionen beträfe, wage er gar nicht erst zu bemessen. Er selbst habe eigentlich schon viel früher gehen sollen, aber nur die Erwartung auf mehr Ungeheuerlichkeit habe ihn davon abgehalten.

Er solle sich doch beruhigen, meinten einige, und meine Mutter meinte, Jesus habe außerdem ohnehin nur das getan, was sein Vater von ihm verlangt habe. Und da sei er also nicht weit von einer Handpuppe entfernt.

Söhne hätten immer zu tun, was ihre Väter von ihnen verlangen, schrie der Onkel. Aber trotzdem sei das ein ganz falsches Bild! Am liebsten würde er Opa Kurt posthum die Gurgel umdrehen. Nur gut, dass die Kinder bis auf diesen Bengel (damit meinte er mich) anderweitig beschäftigt seien. Der Bengel würde sicher unter dem Ganzen hier noch zu leiden haben, und er verstünde meine Oma nicht, dass sie die Geschichte in voller Länge verlesen würde.

Das müsse sie tun, denn sonst würde sie vielleicht nicht richtig verstanden.

Sie brauche ihm das nicht auch noch zu erklären, er sei ja nicht blöd, schrie er. Aber dennoch könne man doch auf das Empfinden der Leute Rücksicht nehmen.

Nein, er habe genug gehört! Vor allem habe er gerade von einem Bekannten, der für eine Stiftung tätig sei, eine Mitteilung auf sein Handy geschickt bekommen, nach der es hier gar nichts zu erben gebe.

Dann packte er alles, was ihm vom Buffet geschmeckt hatte, in eine Tüte und verließ die Runde.

Es war still geworden, aber hinter der Stille lag emsige Aktivität in den Köpfen. Es gab kein Geld!

Plötzlich hatte kaum noch jemand mehr Zeit, plötzlich fuhren letzte Züge, mussten dringende Arbeiten erledigt werden, lagen andere Verwandte im Sterben. Oma Gerdas Wohnzimmer leerte sich also beträchtlich.

Es sei noch erwähnt, dass es richtig war, dass es bei Opa Kurt nichts zu erben gab. Ich habe es allerdings erst später herausgefunden. Er hatte einfach alles einer Stiftung für Obdachlose vermacht. Nur Oma Gerda hatte er etwas gelassen, damit sie genug zum Leben hatte.

Ob ich denn noch weiter hören wolle, fragte Oma Gerda mich.

Ich wollte. Jetzt erst recht!

7. Sofa

„Sie wollen mir doch nicht weismachen, dass Sie diejenigen sind, die für Zeit und Raum und was noch alles verantwortlich sind?", fragte ich.

„Ach, das glaubst du nicht", meinte Allah amüsiert.

„Wohl kaum. Sie sind ja noch nicht einmal allmächtig!"

„Ach, das sind wir auf einmal auch nicht?", fragte der Herr belustigt.

„Allmächtige brauchen sich nicht wie zänkische Kleinkrämer zu verhalten, deren Umsätze nur dann gesichert sind, wenn es keine Konkurrenz gibt! Wenn es Sie interessiert, will ich Ihnen einmal erklären, wie ich an Ihrer Stelle vorgehen würde."

„Da bin ich aber gespannt", sagte Allah schnippisch.

„Zunächst einmal würde ich auf die Heilsversprechen und lebenslange Schuldzuweisung verzichten. Das riecht geradezu nach Katzen-in-Säcken-Verkaufen und funktioniert sowieso nur bei ganz naiven Kunden."

„Aber die haben wir doch auch", meinte der Herr vorsichtig.

„Sie meinen, weil die Menschen Angst vor dem Tod haben?", vermutete ich.

„Eine ganz alte Kiste", bestätigte Jahwe stolz.

„Ich als allmächtiger Gott würde hingegen dafür Sorge tragen, dass keinerlei Zweifel bezüglich meiner Existenz und Allmacht aufkommen kann. Warum soll der Mensch etwas glauben, was ich als Gott ihm immerzu demonstrieren könnte? Ich wäre schon im anderen Leben so präsent, dass ein Leugnen meiner Gegenwart völlig unlogisch wäre."

„Aber dann hätten wir ja ständig unter den Menschen zu weilen", folgerte Allah. „Das wäre erstens viel zu anstrengend, zweitens …"

„… zweitens: Wo bliebe denn dann das Geheimnis des Glaubens!", rief Jahwe.

„Drittens würden sich die Menschen bestimmt vor einem ständig anwesenden Gott fürchten …"

Das wäre mir allerdings völlig egal, warf ich ein.

„Viertens kämen wir dann überhaupt nicht mehr ans Buffet", ergänzte der Herr. „Außerdem bin ich schon immer gerne eine graue Eminenz gewesen."

„Gut gesprochen, lieber Kollege", sagte Allah. „Außerdem hatten wir die Geschichte mit der ständigen Präsenz bereits abgehakt. Wenn ich nur an diesen verfluchten Urlaub auf Zypern denke …"

„War nicht ganz so geschickt, sich wie Touristen aufzuführen", warf der Herr nachdenklich ein. „Wenn ich nur an das ganze Bier denke …"

„… und die Hawaihemden … und wer hatte die Idee, vor den Menschen herumzuspringen und ihnen Beleidigungen zuzurufen?", fragte Allah.

„Das war ja wohl auf unser aller Mist gewachsen", knurrte Jahwe. „Wir hatten das wohl nötig."

„Kümmern Sie sich eigentlich auch um die Bewohner anderer Planeten?", fragte ich.

„Welche anderen Planeten?", meinte Jahwe verdutzt. „Meines Wissens haben wir es niemandem gestattet, auf sagen wir mal Jupiter eine Kolonie zu gründen ... oder hat einer von Ihnen ... ist mir da etwas entgangen?"

Die anderen Götter schüttelten die Köpfe.

„Na siehst du. Es gibt da gar keinen Handlungsbedarf", lächelte Jahwe.

„Ich rede ja auch nicht von den Planeten unseres Sonnensystems, sondern von all den Abermilliarden im All!", rief ich. „Sie haben doch wohl nicht nur die Erde aufs Korn genommen?"

„Nun ja", meinte der Herr verlegen und fuhr sich durch den Bart, „nur ihr habt da diesen Fimmel mit dem Vaterkomplex. Das macht es einem Gott sehr einfach, euch für sich zu gewinnen. Ihr braucht immer etwas, was über euch steht, um noch eine Möglichkeit zu haben, das Unfassbare zu erklären. Daran glaubt ihr dann. Sogar an die Liebe, dabei ist sogar euch inzwischen bekannt, dass da allerhand Drogen mit im Spiel sind. Aber ihr glaubt trotzdem an so etwas, solange ihr es nicht in eurem Sinne vollständig durchschaut habt, wozu ihr es kaputt machen müsst, was dazu führt, dass es nicht würdig ist, dass ihr daran glaubt."

„Das, was wirklich ist, werdet ihr so nie verstehen", meinte Allah, „denn ihr seid vor allem damit beschäftigt, euch Theorien zusammenzubauen."

„Und die könnt ihr beliebig diskutieren und immer weiter treiben. Endlos! Darin seid ihr klasse. So habt ihr zumindest immer was zu tun ...", sagte Jahwe.

„... könnt euch immer was Neues ausdenken ...", ergänzte Allah.

„... das euch kurzzeitig befriedigt", vollendete Jahwe.

„Aber dann kommt schon das nächste Modell, bevor euch langweilig wird. Mögen wir davon verschont bleiben, dass ihr einmal etwas anderes macht und dann womöglich hinter das kommt, was tatsächlich da ist. Die Langeweile, die ihr dann habt, mag ich mir gar nicht ausmalen", meinte der Herr. „Wahrscheinlich treibt ihr dann erst recht Unsinn und beginnt, den Rest des Universums zu nerven."

„Also gibt es etwas, was hinter dem Ganzen steckt?", fragte ich.

„Zerbrich dir darüber bloß nicht den Kopf", mahnte Allah. „Versuch es einfach mal mit Glauben."

„Aber wer nicht zu glauben braucht, weil er weiß, der kann auch nicht Ausgetretener werden", sagte ich mit erhobenem Zeigefinger.

„Das klingt eigentlich ganz gut", meinte der Herr nachdenklich.

„Aber ständige Präsenz!? Der Schuss, der auf Zypern nach hinten losgegangen ist, reicht Ihnen wohl nicht!", blaffte Allah.

„Mir scheint, auch hier führt das nicht weiter", warf Jahwe ein.

„Zumindest droht uns hier niemand mit Prügel ...", sagte der Herr.

„... oder lässt uns einfach in der Gegend rumstehen, ohne auf uns einzugehen ...", sagte Allah.

„Zufällig hatte ich genau das gerade vor", sagte ich, „denn scheinbar können oder wollen Sie nicht verstehen."

„Ja, ja. Mit dem Zufall seid ihr immer schnell bei der Hand", keifte Allah.

„Komm doch zur Abwechslung mal rüber zu mir!", rief die Römerin vom Nebentisch. „Hier gibt es aber keine Zufälle."

Sie winkte mit einer Art Versandhauskatalog.

„Such dir deine Gottheit aus ... ist bestimmt eine für dich dabei!"

Kaum hatte sie das gerufen, wurden mir Zettel in die Hände und Taschen geschoben, Arme wurden ausgebreitet, und Flammen loderten plötzlich meterhoch auf. In einigen Gesichtern lag ein beschwörendes Zwinkern.

„Komm zu uns! ... Nein zu uns! ... Ach Quatsch, nur hier gibt es das, was wirklich ... Trau nicht den falschen Propheten!"

An eins meiner Beine hatte sich ein winziges Kerlchen geklammert, das behauptete, ein bisher unbekannter Gott zu sein, und versprach mir Vorteile, wenn ich ihm einen Namen geben und seine Sache verbreiten würde.

„Du hast doch gar keine Sache zu verbreiten", spottete ein Medizinmann. „Manitu dagegen ..."

„Lass es mich doch wenigstens einmal versuchen", bettelte der unbekannte Gott und ließ mein Bein los. „Als Neuer hat man es doch so verflucht schwer, eine Nische zu finden. Die anderen Götter hatten es da viel einfacher, weil früher noch nicht alle Nischen besetzt waren. Früher waren die Menschen auch viel bereitwilliger, weil unwissender. Damals konnte man noch weit mehr aus der Angst herausschlagen, und wenn dann erst einmal die Gewohnheit einsetzte ..."

Plötzlich wurde es laut.

„Meine Damen, meine Herren! Heute hier das ganz besondere Erlebnis für Sie. Die große Attraktion! Jedes Los gewinnt, jeder Gewinn ein Hauptgewinn!"

„Verdammt", sagte der Herr, „der sollte doch gar nicht ... aber gut ... vielleicht überzeugt der dich ja zumindest von mir. Bist ja anscheinend nur des Geldes wegen ein Ausgetretener geworden."

Er schob mich vor eine Art Losbude. Mannshohe Plüschkreuze baumelten im leichten Wind. Ein Mann mit einer weißen Kappe und einem langen, weißen Gewand mit sehr vielen Knöpfen redete in einem fort in ein mit einem Lappen umwickeltes Mikrophon.

„Greifen Sie zu, machen Sie mit! Der Spaß ist Ihrer, meine Damen, meine Herren, greifen Sie zu, machen Sie das Spiel, jedes Los ein Gewinn, jeder Gewinn ein Haupttreffer. Das war noch nie da, das ist sensationell, das ist einfach phantastisch ..."

Ich konnte es kaum glauben. Das war der Papst! Immerhin war der noch nicht gestorben. Sollte das Jenseits eine weitere Verbindung zur vierdimensionalen Raumzeit haben?

Vierdimensionale Raumzeit? Was sage ich ... eigentlich gibt es doch zumindest fünf Dimensionen.

Um beispielsweise auf einer Party erscheinen zu können, braucht man ein paar Angaben. „Loser Kamp 4, drittes Obergeschoss" etwa. Oder „Unter der Ruhrbrücke, zweites brennendes Ölfass". Um aber auch wirklich nichts zu verpassen, muss man auch Datum und Uhrzeit kennen. Damit hätten die vier Dimensionsangaben zumindest sichergestellt, dass man zur richtigen Zeit am richtigen Ort ist. War man erst einmal da, so konnte es dennoch peinlich werden, wenn sich dort herausstellte, dass der Gastgeber oder die Gastgeberin Geburtstag hat. Oder dass man eigentlich ein Kostüm hätte anhaben müssen, oder dass man schlicht gute Laune hätte mitbringen müssen. Es musste also unbedingt noch eine fünfte Angabe geben, und ich hatte sie probehalber „Emotionale Grundhaltung" genannt. Ohne die passende emotionale Grundhaltung war man streng genommen gar nicht auf der Party angekommen.

Dem Papst gelang es gerade, dem Medizinmann ein Los anzudrehen. Der Medizinmann wickelte es auseinander, aber da wurde es ihm bereits vom Papst aus der Hand gerissen.

„... wollen mal sehen, was Sie hier haben ... natürlich den Hauptpreis, natürlich den absoluten Hauptpreis!", frohlockte der Papst.

Er überreichte dem Medizinmann mit einem sehr breiten Grinsen eins der Plüschkreuze.

„Doch auch dieser hier", er wies auf mich, „soll heute etwas bekommen. Selbst ohne ein Los gezogen zu haben, meine Damen, meine Herren. Hier kommt unsere Sonderkollektion für Sie. Heute ist alles schön, ist alles besser ..."

Helfer des Papstes, die plötzlich wie die Komplizen beim Hütchenspiel aufgetaucht waren, versuchten, mich mit Broschüren in Hochglanz und vielen bunten Bildchen von Reihenhäusern in einer Christensiedlung, Anstecknadeln, Kosmetikpröbchen und Ikonen, Imitaten heiliger Nahrungsmittel sowie einem Weihwasserextrakt zu beladen.

„Ihr versucht es immer wieder mit den gleichen Mitteln, als kämt ihr nicht aus eurer Haut heraus. Nichts will ich davon haben!", rief ich und wehrte alles ab. Dabei ließ ich die Spielzeugburg fallen, die mit einem hässlichen Geräusch in eine monströs große Anzahl grauer Stückchen zersprang.

„Aber den hier nimmst du doch", raunte ein Druide und versuchte, mir einen Kranz aus Mistelzweigen umzuhängen.

Ich konnte ihn zwar daran hindern, aber sofort spürte ich andere Hände, die mir etwas zustecken wollten.

„Jetzt ist es aber wirklich genug", brüllte ich.

„Du musst doch wenigstens jedem eine Chance geben", rief das Wesen mit dem Vogelkopf.

Sie begannen mich einzukreisen. Es wurde brenzlig. Die Wesen kamen mit ihren Geschenken bewaffnet auf mich zu. Ich wich zurück. Erst einen Schritt, dann noch einen, und dann drehte ich mich blitzschnell um und stürzte in Richtung Fahrstuhl. Doch der war verschwunden!

Ich fackelte nicht lange, machte einen Satz auf einen kleinen Kerl zu und ergriff ihn. Irgendetwas hatte mir gesagt, dass ich meine Position verbessern musste. Vielleicht durch eine Geisel? Ich klemmte mir den kleinen Kerl unter den Arm. Dann stürmte ich los.

„Mann, ist das toll", piepste das Kerlchen unter meinem Arm. „Da laufe ich einmal nur so hier rum, und dann das hier ... Bestimmt verfolgst du eine Sache von großer Bedeutung."

„Wie?", brüllte ich.

„Nun ja. Eigentlich habe ich ja etwas gegen diese Art

der Behandlung. Aber jetzt versuche ich, mich in deine Lage zu versetzen... So, jetzt bin ich umgekippt und überzeugt, dass du etwas ganz Tolles vorhast."

„Was?"

„Ich bin ganz wild darauf, dir zu helfen, und finde dich schon jetzt furchtbar nett, jetzt, wo du mich als Geisel genommen hast. Von nun an will ich dein Schutzengel sein und alles tun, was du willst. Ich kann da einfach nicht widerstehen, so wichtig, wie dir die Sache ist. Aber könntest du mich vielleicht wieder absetzen...versteh mich nicht falsch ... wenn es deinem Plan nützt, dann bleibe ich auch sehr gerne hier, aber wenn nicht, dann setze mich bitte wieder ab, denn unter deinem Arm ist es aus verschiedenen Gründen nicht gerade gemütlich."

„Mein Schutzengel?"

„Ganz recht. Los, erzähl mir mehr von dieser bedeutenden und gerechten Sache, der du hinterher bist."

„Du, kaum größer als eine Gans, willst mein Schutzengel sein?"

„Oh ja, sehr gerne", jubelte das Kerlchen. „Aber wenn es dir nicht zu viel ausmacht ..."

„Du bleibst da!"

„Was bin ich doch für eine gute Geisel, oder?", plapperte das Kerlchen. „Komm, sag schon, dass ich eine gute Geisel bin. Wir sind doch jetzt soetwas wie Partner, Verbündete, Spießgesellen, Kameraden, Verschworene, Unter-einer-Decke-Stecker ..."

„Du willst ihn doch nicht etwa mitnehmen, Kurt?", hörte ich den Herrn aus der Menge hinter mir rufen.

„Aber sicher will er das. Ich werde den Weg nach draußen freimachen, und wenn du es wünschst, Kurt, dann werde ich meinen kleinen Körper in die Schussbahn werfen, damit deine große Sache gelingen kann."

Ich nutzte jede Deckung und schlug Haken wie ein Huhn. Die Wesen fluchten und stolperten übereinander, so dass ich etwas Zeit gewann, um mich genauer umzusehen. Und da sah ich die Allee vom Platz abgehen!

Wie ein Teppich rollte sie sich mit in regelmäßigem Abstand stehenden uralten Bäumen durch eine Senke und dann einen sanften Hügel hinauf. Am Ende schimmerte etwas Weißes durch die Baumkronen. Es war eine weiße Hütte. Ich ließ den kleinen Kerl los, rannte darauf zu, stürzte hinein, hinter mir fiel die Tür ins Schloss, und ich stand in einem Zimmer mit einem Sofa.

8. Limbus

Ein Blick durchs Fenster überzeugte mich, dass ich meine Verfolger abgeschüttelt hatte.

Ich betrat einen Nebenraum. Hier standen ein Bett und ein Fernseher, den ich einschaltete. Ein Farbfernseher!

„... folgt ein Wahlwerbespot. Für den Inhalt sind die Religionsgemeinschaften verantwortlich."

Das Bild eines Kreuzes baute sich auf der Mattscheibe auf. Dann ertönte Orgelmusik, und dann gab es eine Überblendung auf einen dunkelbraunen Vorhang in einem schummerig beleuchteten Zimmer. Von links trat ein älterer Mann mit schneeweißen, kurzen Haaren und einem ebenso schneeweißen Oberlippenbärtchen auf.

„Willkommen im `Reich der wilden Tie...´ - Entschuldigen Sie. Der falsche Film ... Willkommen im Limbus, in Abrahams Schoß! Ich bin Gabriel, Verkünder der frohen Botschaft, und Sie sollten sie jetzt hören. Die Welt ist für Sie vergangen, und hier erwartet Sie das ewige Leben. Das Christentum ist die einzig wahre, die absolute Religion. Nur durch ihre Annahme ist das ewige Heil der Menschheit gesichert! Darum ist es eines jeden Menschen Pflicht, die Irrtümer der Heiden zu bekämpfen, denn ..."

Ich schaltete den Kasten aus. Verfluchte Dogmatiker!

Dann legte ich mich auf das Bett. Aber halt ... was hatte der Mann eben gesagt?

Limbus! Ein in der katholischen Lehre beschriebener Ort. Limbus ... das klang beinahe wie „limbisch", und das erinnerte mich an „Limbisches System", eine Gehirnregion, in der man den Sitz der Emotionen, Assoziationen, des Bewusstseins und der Sprache vermutet. Teufel noch eins. Steckte ich am Ende in meinem eigenen Kopf? Aber natürlich!

Ich hätte schon viel früher darauf kommen können. Schon zu Beginn war mir doch allerhand bekannt erschienen. Nicht verwunderlich, denn schließlich hatte ich mir das Jenseits als ruhigen Ort, wie ein mittelalterliches Dorf vorgestellt. Auch das Häuschen mit allen Annehmlichkeiten hatte seinen festen Platz gehabt genauso wie Pepe, ja selbst das gelbe Licht zu Beginn meiner Reise. Oder hatte ich diese Vorstellungen davon, weil ich sie irgendwo aufgeschnappt hatte? Immerhin hatten Menschen mit Nahtoderfahrung übereinstimmend berichtet, dass man ein helles Licht sehen würde. Was ich also bisher gesehen hatte, könnte also auch deshalb so in Erscheinung getreten sein, weil ich über diese Berichte informiert war. Konnte ich dann überhaupt tot sein?

Denn wenn ich in meinem Kopf steckte, dann musste es diesen Kopf noch geben. Und wenn es diesen Kopf, der offensichtlich noch um etwas wusste, noch gab, dann musste es mich selbst auch noch geben. Für ein Jenseits wäre das alles hier auch recht erbärmlich gewesen.

Wenn diese Welt hier also lediglich meine eigene Vorstellungswelt war, dann passierte hier nur, was ich mir vorstellen konnte!

Aber es hatte doch Abweichungen gegeben!

Der Priester war eine gewesen, auch Pepes Aufregung

über meinen Kirchenaustritt und die damit verbundene Konsequenz entsprang ebenfalls nicht meiner ursprünglichen Vorstellung. Einmal ganz abgesehen von diesen seltsamen Religionsvertretern samt diesen seltsamen Göttern. Und schließlich war da noch der Bereich auf Violas Karte, den ich nicht hatte einsehen können!

Wäre ich dort ebenfalls noch in meinem Kopf, oder war dort etwas anderes? War dort sogar endgültige Wahrheit?

Immerhin schien sich etwas in meine ursprüngliche Vision von diesem Leben einzumischen, und darum musste es etwas geben, was dafür verantwortlich war.

Eine Entscheidung brauchte ich sowieso nicht mehr zu treffen, denn streng genommen hätte ich selbst diese Entscheidung von mir verlangt. Wenn ich selbst aber keine Entscheidung zu treffen hatte, dann hatten es andere auch nicht tun müssen. Diese anderen wären ohnehin nur ein Teil meiner Vorstellungswelt gewesen, wären folglich nicht wirklich vorhanden. Ich würde sie also keinesfalls im Bereich, den ich auf Violas Karte nicht hatte einsehen können, finden. Dort musste etwas ganz anderes sein, etwas, das vielleicht sogar Einfluss auf mich hatte. Und genau das musste ich jetzt herausfinden. Mir blieb keine Wahl!

Doch wie war das zu bewerkstelligen? Unwillkürlich verglich ich mein Vorhaben mit der Befreiung von Kriegsgefangenen aus Käfigen in einem Sumpfloch eines nordvietnamesischen Knastes. Was mich zu dieser Einschätzung geführt hatte, konnte ich nicht genau sagen, aber dass mein Unternehmen eine Art Befreiung sein würde, ahnte ich schon.

Der Vollständigkeit halber muss ich erwähnen, dass nach dem Tumult zuvor immer noch nicht alle der wenigen noch anwesenden Mitglieder unserer Familie der Erzählung entspannt gelauscht hatten. In Wahrheit hatte sich ein anderer meiner Onkel ziemlich unwohl bei der ganzen Sache gefühlt. Dieser Onkel war angeheiratet und ein eifriger Verfechter der christlichen Glaubenslehre. In seinen Augen könne man den Papst nicht als Kirmesbudenschreier sehen, stieß er jetzt hochrot hervor, und auch die Sache mit den Dogmatikern empörte ihn.

Aber es sei doch die Geschichte von Kurt, und in dessen Vorstellung sei der Papst ein Kirmesbudenschreier. Da könne man nichts machen. Außerdem habe der Junge (das war ich) diese Geschichte weiterhören wollen und nicht die des Onkels, die speziell an dieser Stelle sicher anders ausgefallen wäre.

Ja, der Junge, hatte er gebrüllt. Immer gehe es nur nach diesem Jungen. Andere hätten auch Kinder, aber dieser spezielle Junge könne ja sogar auf den Tisch kacken, und trotzdem würde ihm das nachgesehen. Seine Kinder, die er mit in die Ehe gebracht habe, seien von niemandem hier angenommen worden, brüllte er, jedenfalls nicht so, wie er es sich vorgestellt habe. Der zeitweilig raue Ton in unserer Familie würde ihm auch nicht gefallen, nur seine Frau würde ihm gefallen, alle anderen aber könnten ihm den Buckel runterrutschen. Er wisse selbst, dass er derzeitig keinen Job habe, aber das liege an der Konjunktur. Sie könnten sich der Kinder wegen gar nichts mehr leisten.

Aber sie würden doch immerhin noch leben, ergriff jetzt ein Kurt-Sympathisant das Wort. Wenn man Kinder in die Welt setze, ohne genug Kohle dafür zu haben, dann brauche man sich nicht zu wundern. Und hinterher sein Dilemma auf das Ergebnis der paar Sekunden Geilheit zu schieben, sei ja wohl die Höhe!

Da vergoss er Tränen, und meine Tante hielt es für das Beste, die Feier mit ihm und den Kindern zu verlassen. Später soll er sich bei allen Anwesenden entschuldigt haben. Er habe das alles gar nicht so gemeint, und er sei bestimmt auch ungerecht dabei gewesen. Aber die Erzählung habe ihn an die Grenze seiner Toleranz geführt.

Nun ja, Familientreffen.

9. Himbeeren

Selbst an jenem wundersamen Ort wurde es schließlich Nacht. Innerhalb kürzester Zeit versank alles in eine geradezu andächtige, dunkelblaue Stille.

Durch das geöffnete Fenster bemerkte ich einen frischen Wind aufkommen, der die Gerüche des Tages irgendwohin trieb.

Ich hockte mich auf die Kante des Bettes und fischte nach meinen Schuhen, erhob mich und machte mich daran, sie anzuziehen. Aber sei es das Stehen auf einem Bein, seien es meine fahrige Bewegungen in Erwartung eines Abenteuers, sei es eine nicht ausreichend geöffnete Einschlupföffnung im Schuh…ich taumelte und wäre beinahe gefallen, wenn ich mich nicht an der Zimmerwand abgestützt hätte. In Wirklichkeit rettete mich das aber nicht, denn komischerweise war da plötzlich gar keine Wand mehr, sondern eine Tapetentür, die unter meinem Gewicht nachgab, in einen pechschwarzen Raum aufschwang und mir vor allem kein bisschen Halt bot. Ich stürzte mit einem erstickten Schrei in diesen Raum. Der verhängnisvolle Schuh flog mir aus der Hand. Ich hörte ihn gegen eine Wand poltern und dann zu Boden fallen, bevor auch ich selbst irgendwo landete. Dann schloss sich die geheimnisvolle Tür mit einem Klicken.

Ich kroch dorthin, wo sie kurz zuvor gewesen war, aber meine tastenden Finger konnten nichts finden, was einer Tür oder einem Lichtschalter ähnlich gewesen wäre.

„He, Erfüllungsprogramm!"

Es knisterte leise.

„Sehr geehrter Kunde. Leider beanspruchen Sie unseren Service außerhalb der Erfüllungszeiten. Aber keine Sorge: Morgen stehen wir Ihnen wieder in vollem Umfang zur Verfügung. Bis dahin eine gute Nacht, und denken Sie einmal darüber nach, ob das, was Sie erfüllt haben wollten, nicht doch ziemlich unwichtig ist. Schönen Dank!"

Verflucht!

Meine Augen gewöhnten sich allmählich an die Dunkelheit, und so bemerkte ich einen dünnen Lichtstrahl, der von der anderen Seite des Raumes durch ein paar Ritzen drang und irgendetwas in seiner Mitte zum Glänzen brachte.

Mit weit vorgestreckten Armen tastete ich mich an der Wand entlang auf diese Ritzen zu. Das war wie Blindekuh, das ich früher so gern gespielt hatte. Da hatte ich gefahrlos an den Mädchen herumfummeln können, ohne eine Ohrfeige zu riskieren. Ja, es war beinahe so, als spürte ich auch hier etwas Warmes, Weiches. Dann stießen meine Fingerspitzen an eine kühle, metallene Fläche. Ich klopfte vorsichtig dagegen, und es klang wie ein Garagentor. Ich strich mit einer Hand über die wellige Oberfläche. Wenn das ein Garagentor war, dann musste irgendwo ein Öffnungshebel sein! Und solche Hebel waren immer in der Mitte.

Ich streifte etwas Weiches, Klebriges! Erschrocken riss ich meine Hände zurück. Spinnen! In solch dunklen Löchern hausten sie immer. Wahrscheinlich waren sie giftig und haarig. Mir lief ein Schauer den Rücken hinunter. Auf dem Schrottplatz hatte ich gelernt, mit meiner Angst vor diesen Tieren umzugehen. Nur manchmal, wenn ich so wie hier plötzlich auf ihre Netze stieß, spielte meine Phantasie verrückt.

Aber wenn auch das eine Vorstellung von mir war, würde ich sie verändern können? Würde ich mir anstelle der Spinnweben etwas ganz anderes denken können?

Ich streckte meine Hand erneut dem Weichen entgegen und durchstieß eine federnde Schicht.

Es ist wie Zuckerwatte, beruhigte ich mich. Dann spürte ich den Hebel in der Hand. Das Tor schwang auf, und ich blickte in die klare Nacht. Obwohl Mond und Sterne fehlten, war sie doch so hell, wie es Nächte in Zeichentrickfilmen sind.

Ich atmete kräftig ein. Es roch frisch und würzig. Dann besah ich die Hand, mit der ich das Tor geöffnet hatte.

Feine, klebrige, nach Himbeeren duftende Fäden waren drumherum gewickelt. Zuckerwatte! Ich leckte sie genüsslich ab.

Dann erblickte ich dreierlei:

Erstens war da mein Schuh, der mit schlaffen Schnürsenkeln nahe einer Wand des Raumes darauf wartete, wieder angezogen zu werden, und ich tat ihm den Gefallen. Zweitens stand da ein Gebilde, bestehend aus einem Sattel, einem Lenker, woran sich wahrscheinlich der Lichtstrahl in der finsteren Garage gebrochen hatte, und einer Matte unter dem Ganzen. Das sah nach einem Gefährt aus.

„Ein Motorrad? Ein Teppich? Ein fliegender Teppich? Ein Motorrad-Teppich? Vielleicht komme ich ja damit in den anderen Teil der Stadt", murmelte ich, denn die Herumlauferei war ich inzwischen leid.

„Nein, kommst du nicht!", hörte ich das Dritte sagen.

Eine junge Frau mit langen, dunklen Haaren und fein geschnittenem Gesicht schälte sich aus dem Dunkel einer Ecke. Sie stützte sich auf einen Obstpflücker und trug eine Latzhose.

„Ich bin Ronda."

„Ich heiße Kurt. Die Ehre deines Besuches soll auch mir zur Ehre gereichen", sagte ich und wusste ums Verrecken nicht, was in mich gefahren war.

„Red' nicht so geschwollen daher", sagte sie, und mir blieb nur ein schiefes Grinsen.

„Wieso komme ich damit nicht in den anderen Teil der Stadt?"

„Das Ding schafft es nicht bis hinüber. Was willst du eigentlich da?", fragte sie misstrauisch.

„Ich muss etwas herausfinden."

„So, so. Komm vor allem mir nicht in die Quere!"

„Wobei sollte ich dir schon ... hee, was machst du eigentlich in dieser Garage!"

„Ich nehme mir das Teppichmobil."

Sie machte einen Schritt darauf zu.

„Moment!", rief ich und packte sie am Arm. „Das Ding steht in der Garage des mir zugewiesenen Häuschens, und darum gehört es mir."

„Wie lächerlich. Hier gehört niemandem irgendetwas."

„Dann gehört es dir aber auch nicht. Und weil ich zuerst hier war ..."

„Du warst zuerst hier? Ich warte schon die ganze Zeit darauf, dass es endlich dunkel wird, und als ich endlich loslegen kann, fällt mir dieser Ausgetretene vor die Füße und beginnt, an mir rumzugrapschen. Nur gut, dass dir das Garagentor wichtiger war ... Und auf dem Ding da habe ich schon gesessen, da hattest du noch nicht mal einen Hintern!", rief Ronda. „Aber schön, wenn du darauf bestehst, nur zu!"

Ich begann mit den besten Absichten um den Teppich herumzulaufen, hob eine Ecke hoch, blickte kurz darunter, bewegte den Lenker, putzte über den Sattel, grinste verlegen, setzte mich dann darauf, und als sich nichts tat, versuchte ich dem Gefährt die Sporen zu geben.

„Du hast überhaupt keine Ahnung, stimmt´s?", fragte Ronda.

Ich nickte und stieg ab.

„Zeigst du mir, wie es geht?"

„Nur, wenn du es mir überlässt, nachdem ich dich hingebracht habe", sagte Ronda.

„Also gut."

Ronda schwang sich wortlos mit ihrem Obstpflücker auf den Sitz, und das Gefährt hob zu meiner Verblüffung leicht ab.

„Wenn man sich darauf setzt, muss man zum Teppich-Mobil eine mentale Verbindung herstellen", erklärte Ronda mit erhobenem Zeigefinger, was ich zum Kotzen fand. „Danach tut es, was der Fahrer will. Am Anfang ist das nicht so leicht, denn wer weiß schon, was er will, und wenn man es schließlich weiß, muss man sich darauf konzentrieren. Und du kannst mir glauben: Am Anfang denkt man an allerhand Unsinn, etwa, ob man richtig sitzt, ob man den Herd ausgestellt hat, ob die Fische gefüttert sind...Lenken musst du selbstverständlich immer noch, doch es gibt da schon eine neuere Version...Um überhaupt irgendwo anzukommen, werde ich fahren. Es ist gerade eine gute Zeit für die Passage nach drüben, denn kurz nach Anbruch der Dunkelheit sind alle sehr damit beschäftigt, sich auf die Nacht vorzubereiten."

„Aber wieso sollte ich dir trauen?"

„Nun, ich trage diese Latzhose."

10. Rückwärtsgang

Lauer Wind wehte uns ins Gesicht, während das Teppichmobil auf eine große Dunkelheit zuflog.

Es war wie die Annäherung an ein schwarzes Loch, und ich empfand dieselbe Beklemmung, die mich bei Darstellungen im Fernsehen ergriffen hatte.

Niemand hatte bisher ein schwarzes Loch erfahren können und würde es auch in Zukunft nicht können. Hinter dem Ereignishorizont eines derartigen Gebildes war wie hier Spekulationen jeglicher Raum geöffnet. Dort sollte die Zeit stehenbleiben. Der Raum war ein Witz. Jedes Atom hatte sich aufgelöst, und es war nicht einmal sicher, ob es da überhaupt noch etwas gab, was mit dem Verstand zu fassen war. Quanteneffekte und verrückte Phänomene kamen mir in den Sinn.

Vielleicht ist das Jenseits ein schwarzes Loch, dachte ich. Im Zentrum der Milchstraße, ja vielleicht einer jeden Spiralgalaxie sollte eines stecken. Das wäre zumindest eine interessante Analogie. Denn wie in einem schwarzen Loch sollte auch im Jenseits keine Zeit vergehen. Zeit wie Raum wären aufgehoben. Eine solche Singularität ist schließlich nichts mehr als ein Etwas. Das Licht könnte nicht entweichen. War es da drinnen gleißend hell? Aber man könnte sich dort nicht wie gewohnt aufhalten. Man wäre in seine Bestandteile zerlegt. Die Wissenschaftler glaubten an Quarks, winzigste Effekte, unbeschreiblich und darum teilweise mit Farben benannt. Doch auch diese Vorstellung war an ihre Grenze gestoßen. Einige Wissenschaftler glaubten inzwischen an so etwas wie winzigste Fäden, etwas, das schwingt, etwas, das eine Frequenz hat und sonst nichts, aber mit dem gesamten Potential des Universums.

Eigentlich kaum anders als die Vorstellung, die sich beispielsweise die Menschen von ihrem Gott machen. Auch dieser Gott sollte in allem stecken, und dennoch Schöpfer von allem sein. Aber er sollte jedem Menschen in die Kaffeetasse blicken können und auch noch etwas davon haben. Genau das glaubte ich nicht. Für mich gab und gibt es keinen persönlichen Gott. Ich glaube eher an etwas Unpersönliches und Unfassbares, aber trotzdem Bedeutungsvolles. Etwas, dem Kaffeetassen im Allgemeinen und deren Benutzer im Besonderen gleichgültig sind. Vielleicht war meine Vorstellung von den Göttern, denen ich begegnet war, deshalb so grotesk ausgefallen.

Plötzlich verlangsamte sich unsere Fahrt. Ronda trieb das Teppichmobil höher, bis wir wieder eine beträchtliche Geschwindigkeit erreichten. Doch bald wurden wir erneut gebremst.

„Wir sind jetzt mitten in der Grenze!", brüllte Ronda. „Nur noch eine Barriere!"

Nach einem kurzen, rasanten Flug vibrierte der Teppich noch stärker und schlingerte hin und her.

„Hier ist Schluss", erklärte Ronda. „Wir müssen runter."

Wir sanken zu Boden. Unmittelbar vor uns war alles pechschwarz. Ronda stieg ab und betastete die Schwärze.

„Aha, ein Kraftfeld", vermutete ich.

„Ja, so ähnlich", antwortete Ronda. „Die Grenze ist eine

komplizierte Konstruktion aus Glaube, Liebe, Hoffnung, diese drei. Diese Barriere aber kannst du passieren, wenn du es ernsthaft willst. Es ist dann so, als würdest du durch eine Tür gehen."

Sie trat einen Schritt zurück.

„Versuch es …"

Ich sammelte mich, und mit einem Mal umspielte ein feiner Luftzug meine Nase. Der Luftzug wurde stärker, und in einiger Entfernung sah ich eine Bewegung in der Schwärze. Ein leises Klingeln begleitete diese Bewegung. Dann sauste der Fahrstuhl an uns vorüber, kam quietschend ein paar Schritte entfernt zum Stehen; dann hörte ich etwas, was wie das ungeschickte Einlegen eines Rückwärtsganges klang, und dann setzte der Fahrstuhl die paar Schritte zurück, bis er direkt vor Ronda und mir hielt. Die Tür sprang mit einem „Ping" auf.

Wenn diese Welt meinen Vorstellungen entsprang, dann konnten darin Fahrstühle nach Feierabend auch in jede beliebige Richtung fahren: Rauf und runter, nach links und rechts, kreuz und quer.

„So, ich will dann mal", sagte Ronda.

„Tja, es musste ja irgendwann einmal sein."

„Alles klar."

„O.K."

„Dann also…auf Wiedersehen."

Sie streckte mir ihre Hand entgegen, die ich vorsichtig schüttelte.

„Und was wirst du jetzt tun?"

„Äpfel klauen!"

Sie schwang sich grinsend auf das Teppichmobil, es hob ab, und ich blickte ihr hinterher, bis sie verschwunden war. Dann betrat ich den Fahrstuhl.

Es klingelte an der Tür. Draußen stand ein großer Koffer mit einem kleinen Kerl daran. In dem Koffer steckte ein komplettes Tätowierbesteck inklusive Ultraschallbad, um die Nadeln zu reinigen.

Oma Gerda maulte, dass das ja wohl auch Zeit würde. Schließlich sei der Tag schon beinahe zu Ende, und sie hätte sich bereits Sorgen gemacht, dass das Projekt nicht heute noch beendet werden könnte.

Um das Folgende zu verstehen, muss ich daran erinnern, dass Opa Kurt zu Lebzeiten sehr viel gereist war, was zu einigen Büchern mit erheblichem Umsatz geführt hatte. Oma Gerda hatte ihn selbstverständlich begleitet, und so war auch sie in die ungewöhnlichsten Gegenden dieses Planeten gelangt, hatte fremde Menschen und Gebräuche kennengelernt und einige davon für sich zu nutzen gewusst.

Das weitere Erzählen geschah daher unter dem nervösen Surren der Maschine, die mikroskopisch feine Stiche in die alte Haut meiner Oma Gerda stach. Dabei transportierte sie einen dunklen Farbstoff in eine ganz spezielle Schicht ihrer Haut, wo er auf ewig bleiben sollte.

Nur so nebenbei: Es war nicht Oma Gerdas erst Tätowierung, nein, sie hatte sich an jedem Wendepunkt ihres Lebens tätowieren lassen. Sie hatte es machen lassen, als sie mit Kurt das erste Mal die Datumsgrenze gekreuzt hatte. Sie hatte sich einen Dodo tätowieren lassen, als sie Kurt heiratete. Wer das Tier nicht kennt, der möge nachschauen. Es ist ausgerottet worden von den Menschen. Dann hatte sie sich tätowieren lassen, als sie aus der Kirche ausgetreten war, dann nach dem zweiten Kind, was das erste gemeinsame mit Kurt gewesen war, dann nach jenem überlebten Flugzeugabsturz, dann, als ihr Vater starb, aber auch, nachdem Bon Scott, damals Sänger von AC/DC, im Kleinwagen seines Kumpels erstickt war.

Es hatte viele denkwürdige Momente gegeben, und so war Oma Gerda zu einer Landkarte denkwürdiger Ereignisse geworden. Ich verzichte hier bewusst auf die Details, also darauf, welche Symbole sie im Einzelnen wählte oder welche Farben. Der Körper dieser alten Frau war bis auf Kopf und Hände übersät mit bunten Bildchen. Und zu jedem einzelnen hatte sie eine Beziehung, und manchmal, so hatte sie mir erzählt, würde sie, vor ihrem großen Spiegel stehend, in der Fülle der Bilder umherschweifen und sentimental werden. Ganz genau so wie andere mit einem Photoalbum ihre sensiblen Augenblicke finden. Anscheinend war heute wieder einer dieser denkwürdigen Momente, und so wurden wir Zeuge, wie dieser kurze Mann, während sie weiterlas, eine handtellergroße Kopie des Sonnensystems in ihre pergamentartige Haut bannte. Dieses Stück Haut war genau auf ihrem Bauch, denn genau dafür hatte sie es freigelassen.

11. Tief und tiefer

Die Fahrstuhltür schloss sich, und beinahe im selben Moment öffnete sich wie gewohnt die gegenüberliegende.

Ich trat hinaus in die Nacht und stand an einem Tümpel.

Neben mir auf dem Boden sah ich eine Angel liegen, die ich sogleich erfriff. Dann setzte ich mich auf einen Felsen und warf sie aus. Ich wollte einen Fisch fangen. Den Fisch konnte ich zwar nicht sehen, aber ich wusste, dass er da war.

Kaum dass ich die Angel ausgeworfen hatte, sah ich etwas genau so, wie eine sich anschleichende Gefahr - aus dem Augenwinkel nämlich. Als ich dorthin blickte, standen dort, auf einer etwa mannshohen Klippe, drei halbwüchsige Mädchen. Ich fühlte mich plötzlich schrecklich jung und fixierte die Pose im Wasser.

Getuschel setzte ein. Mir war klar, dass sie etwas ausheckten, wie Mädchen es in diesem Alter eben tun.

„Hallo Kleiner!", hörte ich schließlich eine rufen.

Ich riskierte einen kurzen Blick. In genau dem Moment zog eines der drei Mädchen breit lächelnd seinen Pullover hoch. Ihre jungen Brüste leuchteten zu mir herüber! Ich war ganz und gar nicht bereit für Abenteuer dieser Art, immerhin fühlte ich mich sehr jung. Dann schickten sich die Mädchen an, um den Tümpel herumzulaufen, was ganz und gar kein langer Weg für Mädchen mit der festen Absicht ist, mir aus dem Nichts heraus ihr Ziel vor Augen zu führten, nämlich einen eifrigen Angler unbedingt haben zu müssen!

Die Mädchen kamen näher. Ich konnte ihre Wärme spüren. Ich konnte sie bereits riechen. Vanille!

Alles nur Pheromone, Gerüche und anderes Zeug, nur dazu da, um eine passende Partnerin attraktiv zu finden, versuchte ich den sich aufschaukelnden Hormonpegel zu beruhigen. Triebe sind nicht zu kontrollieren und behindern ausgetüftelte Pläne, solange es die Menschheit gibt.

Dann waren die Mädchen da, und ich war kein aufgeregter kleiner Junge mehr, sondern wieder ein Mann. Ich schwamm in ihren weichen Pullovern, ihren Haaren, auf ihrer weißen Haut. Sie hatten mich umfangen, ich hörte einen beruhigenden, gurrenden Ton. Bevor ich gar in irgendeine eindringen würde, fand mich auf dem Grund des Tümpels wieder. Im selben Moment fürchtete ich zu ertrinken, aber ich konnte unter Wasser weiter atmen. Ich lief eine Weile dort umher, bis ich das Ufer erreichte.

Mühsam zog ich mich an Land. Als ich zur Unterstützung nach einem am Boden liegenden Ast greifen wollte, legte sich eine gelbgraue Klaue, groß wie ein Kranhaken, über den Ast. Ich blickt auf und sah in ein Auge, ein uraltes Auge, ein Auge, das schon zigmillionen Jahre länger in diese Welt geblickt hatte, ein Auge wie ein Teich voller Wasserlinsen, ein Krokodilauge! Hinter diesem Auge lauerten mindestens neun Meter Krokodil, und diese neun Meter zogen jetzt Zentimeter für Zentimeter an mir vorüber.

Ich erstarrte zunächst, dann machte ich mich bereit für einen Kampf, griff nach einem Stein und sprang dem Tier auf den Rücken. Mit dem Stein schlug ich auf seinen harten Körper ein. Aber das blieb nutzlos. Das Krokodil schüttelte mich mühelos ab, und sofort spürte ich seine Zähne, wie sie sich sehr langsam in meinen Nacken und meine Kehle bohrten. Ich war voller Angst, bis ich mich ihm ergab. Als mich Ruhe durchfloss, ließ es plötzlich los. Ich fiel ihm direkt vor den riesigen Rachen.

„Hallo Kurt", sagte das Krokodil, „wenn du keine Angst mehr haben willst, dann folge dem Geist, der in allem steckt. Finde, bewahre und steigere ihn."

Ich sagte, dass es einen solchen Geist nicht gibt, das Tier aber meinte, ein solcher Geist stecke in allem, auch beispielsweise in einem Gewitter. Ich meinte, davor würde ich mich nicht fürchten ... zumindest dann nicht, wenn zwischen Blitz und Donner mehr als ein paar Sekunden liegen, zumindest aber dann nicht, wenn ich um einen Blitzableiter auf dem Dach wüsste.

„Trotzdem kannst du nicht sagen, wie es genau funktioniert", entgegnete das Krokodil.

„Nun ... Ladungstrennung!"

„Und wieso trennen sich Ladungen?"

„Das ist so ihre Eigenart ..."

„... oder vielleicht ein geheimes Leben, das in ihnen steckt? Solange niemand den Wert für die Masse des Elektrons oder die Größe der Ladung des Elektrons oder die Größe der Lichtgeschwindigkeit erklären kann, sollten wir mit allem rechnen."

„Du bist am Ende auch noch Physiker?"

„Wozu soll das denn gut sein?", fragte das Krokodil und verschwand im Wasser.

Ich erhob mich, und es war, als sei ich gestartet wie eine Rakete. Ich stieg immer höher, bis ich die ganze Welt sehen konnte. Aber ich stieg noch weiter. Vorbei an diversen schmutzigen Planeten, über das Sonnensystem hinaus, aus der Spiralgalaxie an einer benachbarten vorbei, durch die Reste einer Supernova, und schließlich schickte sich das Universum an, sich in ein feines Netz zu differenzieren, ein Netz, nein, ein Gewebe aus winzigen, aufgereihten Lichtpunkten, allesamt Galaxien. Es sah aus wie ein Nervengeflecht!

12. Dictyostelium

Ich sah an mir hinunter. Die glitzernde, dunkle Weite des Universums war einer glitzernden Wiese in der Dunkelheit gewichen. Lampyris noctiluca! Große Johanniswürmchen! Die Weibchen halten die Bauchseite nach oben und leuchten permanent, um die Männchen anzulocken.

Dann bemerkte ich einen grün schillernden Käfer, der an meiner Hose emporkrabbelte, dabei jede Faser mit seinen Fühlern betrillerte, dann anscheinend etwas sehr Interessantes in einem eingetrockneten Senffleck vermutete, dann wieder davon abließ und schließlich seine harten Flügeldecken ausklappte, um sich mit zwei hauchdünnen Flügelchen zart brummend in die Dunkelheit zu erheben.

Ich blickte ihm nachdenklich hinterher. So frei und unbekümmert wollte ich auch sein. Der braucht sich nicht mit seinen Vorstellungen herumzuschlagen. Der hat gar keine Vorstellungen in seinem Unter- und Oberschlundganglion. Der hat nur Programme im Kopf, die sich ums Fressen, Fliegen, Krabbeln, Fliehen und Vermehren drehen. Dem spuken keine Vorstellungen von der Welt durch das Bewusstsein, denn er hat keins. Vorstellungen finden bei dem kein Packende. Seine Freiheit liegt in der Einfachheit.

Aber halt! Hatte ich nicht gerade eben selbst in einer ähnlichen Welt gesteckt? Im Moment kam sie mir wie eine Art Traum vor. Ein Traum, gespickt mit Gefühlen, mit Sexualität, Angst und Aggression. Ein Albtraum! Mir kam in den Sinn, dass ich verschiedene Programme durchlaufen hatte. Ich hatte versucht, mir Nahrung zu beschaffen, hatte Sex gehabt, hatte gekämpft. Diese Programme waren wie kleine Welten gewesen ähnlich denen, wie sie in unserem Zwischenhirn gespeichert sind. Sollte ich nach wie vor in meinem Kopf gewesen sein? Jetzt allerdings in einem entwicklungsgeschichtlich alten Teil, der in archaischen Situationen das Kommando übernimmt?

Mir kam zudem noch eine Theorie in den Sinn, die etwas über die Dimensionen der mikroskopischen Welt vorhersagen will. Ich hatte diese Theorie damals zwar nicht richtig verstanden, aber jetzt hatte ich mit einem Mal einen Zugang dazu.

Danach soll es neben den drei Raumdimensionen und der einen Zeitdimension – und natürlich der von mir erfundenen Dimension – noch sechs weitere Raumdimensionen geben. Und warum? Damit eine andere Theorie, die Stringtheorie, schlüssig wird. Und diese sechs weiteren, ungeheuer komplexen Raumdimensionen, sind quasi aufgerollt in den uns erfahrbaren Dimensionen enthalten. Genau wie diese Programme in diesem Teil des Raumes. In der Theorie heißen diese Räume Calabi-Yau-Räume. Also wieder eine Theorie, eine Vorstellung! Dabei reichten mir schon die von mir erfahrbaren fünf Dimensionen völlig.

Daraufhin verschmierte die dunkle Wiese, die Leuchtpunkte wirbelten durcheinander. Plötzlich wurde es hell.

Alles, was mir auf meiner Reise bisher begegnet war, erschien mit einem Mal auf der jetzt hell erleuchteten Wiese. Ja, selbst Teile meines früheren Lebens bildeten sich heraus. Meine Eltern, die Hippies, Kommilitoninnen, Keipel grüßte kurz zu mir herüber, und ich wich einer Kugel aus. Auch die Götter sah ich umherlaufen, aber von den drei großen Göttern waren nur noch zwei so geblieben, wie sie sich mir vorgestellt hatten. Der Herr hingegen war in eine Frau verwandelt.

„Ich bin die Gott, die den Gott Abrahams, Isaaks und Jakobs abgelöst hat!", brüllte die Frau den anderen Göttern zu.

„Jetzt kommt die schon wieder", hörte ich einen kleinen Gott in meiner Nähe raunen.

„Keine Sorge", sagte ein anderer. „Die taucht immer ab und zu auf, aber es dauert nie lange, bis sie wieder verschwindet. Ist halt nichts für Frauen, dieses Geschäft."

Sie lachten böse.

„Jetzt ist die Stunde gekommen, um die Revolution gegen das theistische Patriarchat zu starten. Nieder mit den verweichlichten Buffetfressern, den labberigen Schlappschwänzen, den selbstgefälligen Bartträgern. Lang lebe die Gott!! Lang lebe sie!", brüllte die Gott.

Sie kam auf mich zu.

„Ich bin so froh, dass mich mal wieder jemand zulässt", sagte sie und schüttelte meine Hand.

„Gern geschehen", grinste ich. „Nur eine Kleinigkeit: Warum gibt es hier immer noch Vorstellungen von mir?"

„Eigentlich dürfte ich es dir nicht sagen. Aber du weißt, wie gerne Frauen Geheimnisse hören und verraten. Das schweißt sie zusammen."

„Aber ich bin keine Frau ...“

„... aber du hast ein weibliche Seite, und so können wir es denen mal nach langjähriger Unterdrückung heimzahlen, Schwester. Also: Seine eigenen Vorstellungen zu überwinden ist extrem schwierig. Denk doch nur mal daran, was da alles mit hineinspielt. Zum Beispiel die Vorstellungen anderer Menschen. Eigentlich ist das hier so was Ähnliches wie ein Abbild des kollektiven Unterbewusstseins.“

„Wie kommt es dann, dass du solche Dinge sagen kannst, obwohl ich mir die doch jetzt gar nicht ausdenke?“, fragte ich. „Schließlich hätte ich diese Frage nicht gestellt, wenn ich die Antwort schon gewusst hätte.“

„Wie ich schon sagte: Das, was du denkst, ist in den meisten Fällen durch die Ideen anderer beeinflusst worden. Das merkst du gar nicht. Wer will das auch unterscheiden, und wer kann das schon. Ganz persönlich kann das alles sowieso nie sein. Andererseits könnte ich mit Beginn meiner Rede, oder besser deiner Rede, deinen Hirnkasten angeworfen haben, und der hat dann einfach weiter gedacht.“

„Ach so!“, rief ich. „Wie bei einem Déjà-vu! Und die Überraschungen passieren, weil ich mir unterbewusst dazwischenfunke.“

„Nein, nein, nein. So ist das auch nicht. Denk mal an die kleinsten Teilchen. An die allerkleinsten. Diejenigen, aus denen alles besteht. Deren Eigenschaft funkt dazwischen, und sie sind vernetzt!“

„Aber die hat doch noch niemand entdeckt.“

„Trotzdem gibt es so etwas, und du bist daraus aufgebaut wie alles andere auch. Was du denkst, können andere auch denken; du kannst nichts denken, was nicht auch andere denken können. Deine Vorstellungen sind die der anderen, und die der anderen sind deine. Und alle sind die dieser kleinsten Dinge."

„Aber was soll das bedeuten?"

„Sag du es mir, denn du bist es, der hier denkt und Vorstellungen hat, oder etwa nicht? Ich plappere, was du im Moment denkst."

„Wo kommen denn diese Vorstellungen dann her?"

„Tja, woher...Es sind diese kleinen Dinge ..."

„Du meinst, nicht ich denke, sondern bin lediglich ein Wesen, das denkt, es wäre von den kleinsten Dingen abgekoppelt und könne sich darum etwas bewusst machen, was aber eigentlich nur eine besondere Qualität dieser kleinsten Dinge ist? Ist es das, was du mir sagen willst?"

„Es ist vielmehr so, dass du es dir sagen willst, oder sogar, was diese kleinen Dinge sagen wollen."

„Das ist doch total verrückt!", brüllte ich. „Das sind immer noch meine Vorstellungen? Oder die der kleinsten Dinge."

„Ganz genau!", brüllte die Gott und stürzte in die Mitte der Wiese.

„Mist", sagte der kleine Gott zu seinem Nachbarn, „heute dauert der Zauber länger."

Ich stutzte. Was tat ich hier eigentlich? Wenn ich mich schon mit meinen eigenen Vorstellungen herumquälen musste, dann konnte ich, nein, dann würde ich meine Vorstellungen ad absurdum führen. Und zwar richtig!

Daraufhin verschmierte die Gott zu einem Rudel Hirsche, das unter einem Baum, zu dem Allah geworden war, nach Nahrung suchte. Ein Clown schnitt Grimassen, ein Spielmannszug klimperte durch die Reihen der anderen Götter, dann sang ein Tenor am anderen Ende der Wiese. Ich erschuf einen grinsenden Fisch und ließ dann einen Kühlschrank sein Eisfach aufsperren.

Alles war in Wandlung, nichts hatte Bestand. Formen entwickelten sich und vergingen. Neues entstand, bevor Altes vollständig ausgebildet war. Dann begann alles ineinanderzufließen. Schließlich waren alle erkennbaren Strukturen verschwunden, und an ihre Stelle trat ein riesiges, bunt blinkendes Mosaik, dessen Muster beständig wechselte wie ein riesiges Steuerpaneel des Raumschiffes Enterprise. Schnell und schneller tauschten die Farbflächen ihre Plätze, bis die Farben verblassten und schließlich eine konturlose, hellgraue Masse übrig blieb.

Ich starrte auf den brodelnden Brei vor mir. Dann begann ganz langsam auch die Wiese in diesen Brei zu fließen. Auch der weiße Himmel schickte sich an, in ihn hineinzurinnen. Ich schaute dem Ganzen zu, als stünde ich nicht mitten darin. Ich fragte mich nicht einmal mehr, wohin das führen könnte.

Plötzlich schien sich etwas in der formlosen Masse zu bewegen. Erst war da eine Blase, die größer wurde. Dann wanderte die übrige Masse auf diese Blase zu und in sie hinein. Das alles geschah mit einer unglaublichen Ruhe. Mir kam ein winziges Tier in den Sinn. Eine Nacktamöbe. Ein Wurzelfüßer. Diese Wesen der Gattung Dictyostelium können ihre Körperform beinahe beliebig ändern. Sie kriechen über den Untergrund und fressen noch kleinere Lebewesen. Das tun sie so lange, bis es nichts mehr zu fressen gibt. Dann geschieht etwas ganz Erstaunliches. Als hätten sie sich abgesprochen, versammeln sich alle Amöben der Umgebung. Sie kriechen aufeinander zu, und dann bilden sie aus ihrer aller Körper eine Art Turm. Er ragt für Amöbenverhältnisse hoch vom Untergrund auf. Wenn er fertig gebaut ist, kippt er zur Seite und kriecht dann wie eine Schnecke umher. Aus Gründen, die nur diesem neuen Wesen bekannt sein dürften, bleibt es irgendwann stehen, und dann entwickelt sich ein Stiel mit einer Art Knospe an seinem Ende. Die ursprünglichen Amöben differenzieren sich zu Stielzellen und Knospenzellen. Letztere werden vom Wind auseinandergeblasen und werden, wenn sie auf einen nahrhaften Untergrund fallen, wieder zu Amöben. Die Stielzellen sterben ab. Die Amöben zeigen dieses Verhalten immer dann, wenn die Lebensbedingungen schlecht werden.

Sollte das auch für mich zutreffen? Wurden meine Lebensbedingungen schlechter? Im Nachhinein kann ich das bestätigen.

Jetzt konnte ich erkennen, wie sich in der Blase eine Struktur ausbildete. Die Struktur wurde größer und größer, bis der gesamte Brei darin verschwunden war. Jetzt wurde die Form vor mir deutlich. Ich selbst bildete mich da heraus! Jetzt bekam die Form Farbe im Gesicht, und ihre Kleidung begann sich zu strukturieren. Als sie von mir nicht mehr zu unterscheiden war, kam die Gestalt auf mich zu. Als wir voreinander standen, hoben wir beide eine Hand zum Gruß.

Jetzt würde ich mich also auch noch von mir selbst verabschieden. Zumindest tat ich so etwas Ähnliches wie denken. Tatsächlich war es mehr ein Tun, denn ich berührte mich selbst, indem ich die Gestalt berührte, und die stieg in mich ein wie in ein offenes Fenster, bevor auch das noch verschwand, was bis jetzt noch da gewesen war. Denn in diesem Moment hatte ich aufgehört, mir irgendeine Vorstellung davon zu machen.

Und ich sah ein großes Ganzes. Ich sah Verschiebungen, ich sah, und ich sah nicht, denn meine Augen, ja mein ganzer Körper war verschwunden. Ungeheuer viel Winziges huschte an mir vorüber. Und ich selbst tat es auch. Ich huschte an mir selbst vorüber! Aber es gab kein „mir selbst". Ich huschte einfach. Ich war gleichzeitig überall. Und dabei durchströmte mich eine Energie, die keinen Beginn und kein Ende zu haben schien. Sie trug mich, sie durchwogte mich, aber ließ mich in Frieden. Hier gab es nichts von Belang, nichts, auf was ich mich einstellen musste, aber auch nichts, was mir unbekannt war. Ich wusste über alles Bescheid, und es war alles eins. Ich war das große Ganze und ich war es nicht. Und es war ohne Bedeutung. Es war wunderschön! Es hatte nichts mit mir zu tun, aber ich fühlte mich voll und ganz zugehörig. Es war dunkel und hell und warm und kalt und groß und klein und völlig sinnlos. Aber toll! Ich konnte es nicht sagen, denn ich hatte nichts, womit ich es hätte tun sollen, nichts, womit ich es hätte denken sollen, ja nichts, was mir einen Anlass dazu gegeben hätte. Ich brauchte nichts zu sagen. Ich war und war doch nicht. Ich war mittendrin, und ich war all das. Ich war all das, und ich ließ es sein.

„... stabilisiert sich."

13. Die Farbe des Kraken

Diese seltsame Beerdigung liegt jetzt lange zurück. Es ist seltsam, wie sich alles wiederholt. Aber mir scheint, das ist eine Besonderheit unseres Universums. Mir kommt die Mandelbrotmenge in den Sinn, die aus bis ins Unendliche verschachtelten selbstidentischen Einheiten besteht.

Mein Blick ruht auf meinem jungen Enkel, wie er, ganz in blaues Licht getaucht, vor der riesigen Glasscheibe steht und seine Nase daran plattdrückt. Wenn er älter geworden ist, werde ich ihm die Geschichte ebenfalls erzählen, und vielleicht wird auch er erst viel später, so wie ich, das nötige Verständnis dafür aufbringen.

Opa Kurt selbst hatte unglaublich viel gelesen und immer betont, dass jeder für sich selbst entscheiden und sich mit allem auseinandersetzen müsse. Ein Leben lang.

Ich erhebe mich von der Bank und stelle mich neben meinen Enkel vor die große, blaue Glasscheibe. Es ist Freitagvormittag, und das Aquarium ist nicht gut besucht. Vielleicht sind wir beide allein hier.

Jetzt sei er braun, ruft mein Enkel ... nein, gescheckt!

Der Krake gleitet zwischen den künstlichen Felsen herum und macht pausenlos das, was Kraken dann tun: Er passt sich an, er schillert, er oszilliert, er verschwindet hierhin und dorthin, er verändert Farbe und Form. Er täuscht, er trickst, denn er jagt.

Sehr richtig, sage ich. Jetzt sei er gescheckt. Aber das würde er nicht lange bleiben. Ich erinnere mich daran, was mir Opa Kurt damals erzählt hatte, als er mit mir vor diesem Becken gestanden hatte:

Der Krake nehme die Farbe seiner Umgebung an, aber seine Farbe würde außerdem durch seine emotionale Stimmung bestimmt. Während der Paarung, bei der Revierverteidigung, oder wenn er sich ärgere, sehe er jedenfalls ganz anders aus. Der Krake habe also keine Farbe, die man ihm eindeutig zuordnen könne. Selbst seine Form sei recht undefinierbar. Klar, er habe einen Kopf, aber der liege streng genommen unter dem Magen, und die Arme säßen ihm unterhalb der Augen. Sein Körper sei ein zu allerhand Formen fähiger Klumpen, der sich in einer grotesken Art und Weise um die Augen herum drapiert habe und dabei fast jede beliebige Farbe annehmen könne.

Ob ich denn wisse, wie es überhaupt mit den Farben sei, hatte mich Opa Kurt dann gefragt. Welche Farbe habe beispielsweise ein Tisch?

Ich hatte wissen wollen, welchen Tisch er meinte, und er hatte unseren Wohnzimmertisch vorgeschlagen. Der sei braun, hatte ich gesagt.

Ob der wirklich braun sei, hatte er lächelnd gefragt. Nicht immer, hatte er seine Frage selbst beantwortet. Auch der Tisch habe keine eindeutige Farbe, denn die hinge vom Alter, vom einfallenden und reflektierten Licht, von der Farbe dieses Lichtes und von der Verschmutzung des Tisches ab. Eigentlich sei keinem Gegenstand eine eindeutige Farbe zuzuordnen, denn diese sei von bestimmten Parametern, die sich ständig ändern können, abhängig. Und letztlich sogar von dem, der ihn betrachtet. Oder ob ich mir etwa sicher sei, dass ich das Braun des Kraken genauso sehe wie er? Das hatte mich ins Grübeln gebracht. Dennoch wohnten jedem Ding und Lebewesen eine oder mehrere Eigenschaften inne, war Opa Kurt fortgefahren. Der Krake sei nicht braun oder gescheckt oder rot oder bunt, sondern er sei lediglich, wie es alle anderen Dinge auch seien. Die Farbe des Kraken sei nicht wirklich, sondern lediglich ein Hinweis auf sein Wesen.

Vielleicht sind wir Körper gewordene Eigenschaft dessen, was ist, denke ich. Nach Aussage der Wissenschaften bildet das, was ist, Quarks, diese wiederum Elementarteilchen, diese ihrerseits Atome, dieses wiederum Moleküle, die wir allesamt beispielsweise in Zellen wiederfinden, diese Zellen organisieren sich zu Organen und schließlich zu Organismen, die auch eine Sprache haben, ja denken können, sich ihrer selbst bewusst werden und sich Vorstellungen über das Ganze und das, was ist, machen. Diese Vorstellungen wären dann Manifestationen dessen, was ist. Ein großer, ein universaler Zirkel. Unser Bewusstsein ist das Bewusstsein des Universums, und im Tod werden wir uns vielleicht unserer Zugehörigkeit zum Ganzen, zu dem, was ist, genauso bewusst, wie wir uns im Leben über uns selbst bewusst waren. Wenn sich auch niemand um uns direkt kümmert, so können wir doch vielleicht sicher sein, dass nichts von uns verloren geht. Doch selbst diese Aussage ist eine Vorstellung. Aber haben Vorstellungen dann überhaupt irgendetwas mit der Wirklichkeit, der Wahrheit zu tun? Immerhin sind wir Menschen zu Vorstellungen und Simulationen fähig. Und wahrscheinlich hätten wir nicht bis jetzt überlebt, wenn wir uns nicht eine erfolgreiche Jagd hätten vorstellen können. Oder einen Handmixer oder ein Elektrizitätswerk oder eine glückliche Beziehung. Erfolgreiches Simulieren bedeutete überleben, und darin liegt vielleicht der Sinn der Vorstellungen.

Aber nicht alle Vorstellungen sind in der Gesellschaft zulässig, ja es scheint so etwas wie eine Evolution von Idee und Vorstellungen zu geben. Ein Mechanismus scheint aus dem großen Haufen an Vorstellungen nur bestimmten von ihnen eine Lebensdauer zu geben. Alle anderen Vorstellungen sterben in Konfrontation mit der Umwelt sofort oder später, und schlimmstenfalls werden ihre Urheber beseitigt. Der Nachteil der Vorstellungen liegt darin, dass sie nicht die Wirklichkeit sind und dass wir das nur zu leicht verwechseln. Aber selbst diese Aussage ist eine Vorstellung und darum wahrscheinlich überflüssig. Doch selbst dieser letzte Satz entspringt einer Vorstellung. Wir können uns wohl nur schwer von diesem Tun freimachen, aber dann könnten wir uns auch etwas total Irres vorstellen. Es wäre völlig unerheblich, was! Es wäre aber auch ganz praktisch, wenn wir uns dabei ab und zu vor Augen hielten, dass es eben nur Vorstellungen sind. Aber da ja streng genommen sogar dieser letzte Satz nur eine Vorstellung ist, führt uns das wieder dazu, es sein zu lassen, oder vielleicht nicht?

„Lass uns weitergehen, Opa", sagt mein Enkel. „Zum Chamäleon ..."

Tantenfieber
Roman - 164 Seiten
ARKA Verlag Essen
ISBN 978-3-929219-23-4
Preis: 9,90 Euro

Walter Semmler ist extrem kurz-
sichtig, Mitte vierzig, Bankangestell-
ter und Jungfrau. Ohne seine Mutter fühlt er sich durch die attraktive
Tante Goutiette bedroht. Aber wer
ist diese geheimnisvolle Frau?

Dicke Enden
Kurztexte und Grafiken
ARKA Verlag Essen
ISBN 978-3-929219-24-1
Preis: 8,90 Euro

*Einen Augenblick hatte die
Welt ganz anders ausgese-
hen. Tiefer, einfacher.*

VARN
Erzählung
Latos Verlag
ISBN 978-3-943308-10-5
Preis: 8,50 Euro

Varn betritt die virtuelle Welt der
Second Life Avatare.
Sein menschenscheuer Schöpfer
verliebt sich dort in Alida. Eine
Tragödie bahnt sich an.

In Zukunft Chillingham
Roman
Latos Verlag
ISBN 978-3-943308-13-6
Preis: 9,90 Euro

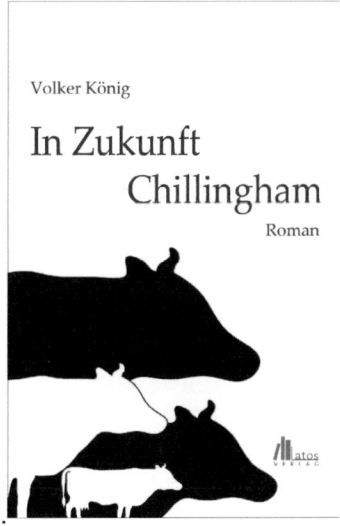

Zornige Chillingham-Rinder
fädeln eine Katastrophe zur
Vernichtung der Menschheit ein.
Die Nachkommen der wenig-
en Überlebenden entsenden
250 Jahre später ihren
besten Mann in die Vergangen-
heit, um Licht in ihre Herkunft
zu bringen.

Das hätten sie besser gelassen...